徳間文庫

大江戸落語百景

猫見酒

風野真知雄

徳間書店

目次

第一席　ご天寿うなぎ

一

うなぎ屋の長八《ちょうはち》は、三日ぶりに築地《つきじ》の裏通りにある自分の店を開けた。生意気なこわっぱの不平のような、がたぴしという腰高障子の音は、たった三日開けないあいだに、ひどくなった気がする。

店は繁盛している。甘すぎないさっぱりした味が、魚にうるさいこのあたりの客にも受けて、昼どきは列をつくるほどだった。

店を開けなかったのは、病気のせいなどではない。今年、五十になった長八は、とくに身体《からだ》の調子の悪いところもなく、健康そのものである。手を怪我《けが》したりもしていない。

じつは、長八は急にうなぎをさばくことができなくなったのである。

三日前の朝だった。

つまらない用事で店に出てくるのが遅くなり、さあ急いでどんどんさばくぞと、奥の生簀《いけす》の前にかがんだ。泳いでいるのを摑《つか》もうとしたとき、うなぎと目が合った。あいだの離れた豆粒のような瞳である。つぶらなと形容してもいい。

——ん？

摑んだりせず、じっとうなぎの顔を見た。誰かに似ている。だが、思い当たる人はいない。もしかしたら、自分の子どものころにでも似ているのか。うなぎはそうだとでも言うように、口からぷくぷくと小さな泡を吐いた。

——罪のねえ顔をしてやがる。

と、長八は初めて子を持ったときの感想のようなことを思った。

——おいらは、こんなかわいい生きものを殺すのか。

そう思ったら、手が動かなくなった。

長八の視線が泳ぐように横に行った。棚の上に金魚鉢が置いてあった。小さなギヤマンの鉢の中で、まだら模様の金魚が三匹、のんびりと泳いでいる。半月ほど前、棒手振《ぼてふ》りの金魚売りから買ったものである。

かわいいものだと思った。ところが、その金魚と同じようにうなぎもまたかわいいことに気づいてしまった。

——ずっと、こんなひどいことをしてきたのか……。

自分の商売に対する疑念が湧いてきた。

いままでそんなことは思ってもみなかった。

だが、予兆はあったかもしれない。

十日ほど前に、同じ長屋の七十過ぎの婆《ばあ》さんが、ほんの一瞬だけれど、かわいく見えたことがあった。おいら、どうかしちまったのかと気味悪く思った。変なものがかわいく感じられてしまう病にでも罹《かか》ったのか。

いや、五十になったことも関係あるかもしれない。人間五十年とよくいわれる。織《お》田信長《だのぶなが》も桶狭間《おけはざま》の合戦の前に、そんな文句の唄をうたっていたはずである。もういつ死んでも不思議はないのだ。だとしたら、仕事とはいえ、殺生《せっしょう》をつづけるのはまずいのではないか——たしか、今年の正月にはそんなことも思ったりしたはずだった。

だが、いきなりこんなかたちで、心の中でふくれあがるとは思わなかった。

目の前のうなぎは、どう見たってつくづくかわいい。

――こいつらを殺すのかよ……。

ちょっと落ち着こうと、置いてあった樽《たる》に腰を下ろした。落ち着こうというとき煙草《たばこ》を吸うやつは多いが、長八は煙草を吸わない。ただでさえ、うなぎを焼くときにしこたま煙を吸うのだから、さらに吸う気にはなれない。そのかわり、水を一杯飲むことにしている。

いまも茶碗《ちゃわん》に入れた水を飲んで、

「まいったなあ。嫌になっちゃうなあ」

と、子どもみたいに声に出して言った。

「もう、この商売、やめちまおうか」

そうもつぶやいた。

といって、隠居などという贅沢《ぜいたく》なことはできるわけがない。

嫁をもらったのは、この店を継いで三年目の二十四のときだった。遅くはないだろう。

だが、娘二人はできたが、男の子ができず、跡継ぎもない。自分がまだまだ女房を食べさせていかなければならない。さらに、嫁に出した二人の娘にも、財産とまではいかなくても、ありがたかったと言われるくらいのものは遺《のこ》したい。

そんなわけだから、うなぎ屋をやめるわけにはいかないのである。

「かわいそうだが……」

と、大きな声で言った。「悪く思わねえでくれ」

目を合わさないようにしながら一匹摑み、鼻歌をうたって気を逸《そ》らしながら、うなぎの頭を包丁の背で叩《たた》いた。自分の後頭部にも痛みが走った。目にくぎ。こんな残酷な仕事って、そうはないだろう。痛みのあまりか、おとなしくなっていたうなぎはまた暴れ出す。全身をばたつかせて必死である。悲鳴が聞こえる気もする。

　背にぶすりと包丁を入れる。嫌な手ごたえである。築地裏町うなぎ殺しの件。下手人長八。面《おもて》を上げい……。

　いっきに縦にさばく。これが難しいところである。口で言うのは簡単だが、どれだけ修業の途中で、おやじに頭を叩かれたか。だが、いまは技がどうこうより、あまりのむごたらしさにぞっとする。

　まだひくひくいっている。うなぎだって、どれだけ痛いか。苦玉をつぶさないよう、取り除く。ここらでようやくうなぎもぐったりする。

　長八もぐったりである。

すのだ。さんざん苦しめたあげくのとどめ。

だが、ここからがまたひどい。尻尾《しっぽ》をとんと叩き斬る。それからやっと、首を落《お》と

「ふうっ」

と、長八は大きく息をした。どうやら、ずっと息をつめていたらしい。

一匹割《さ》くのが、やっとのことだった。

――これからは、一匹ごとにこんな思いを味わわなければならないのか……。

うんざりだった。

二

ようやく下ろした切り身を串に刺し終えたとき、

「よう、兄貴……」

米吉《よねきち》という近所の友だちが顔を出した。

幼なじみで、ガキ大将だった長八の子分格だった。おやじが生きていたころ、ここでも半年ほどうなぎの料理人の修業をしたが、砂村の親戚筋の農家からどじょうが大量に入手できるからと、一町ほど向こうにどじょう屋を開いた。「どじょうなら、兄

貴のうなぎと比べても子分格だし」と、真面目《まじめ》な顔で妙なことを言っていたものである。

その米吉は、板の間への上がり口のところに腰を下ろし、

「いやあ、腹が減っちまったよ。なんせ、女房が朝、起きるとすぐに、飯のしたくもしねえまま、千住《せんじゅ》の実家に出かけっちまいやがってね……」

と、しゃべり出した。つねづねよくしゃべる男で、人が聞いていようがいまいが、おかまいなしである。

「……まったく、いきなりだからな。そういえば、今日はおとっつぁんの命日だった、ちょいと線香を上げてきますだと。しかも、出がけにぽろっと言うには、ついでに浴衣《ゆかた》も新調してきますって。ふざけやがって。線香なんざ言い訳に決まってる。この前なんか、家の周りを掃除するついでに、日本橋まで行ってきますだと。ついでに橋から川に飛び込んでこいってえの」

ひとしきり、女房の悪口を言ってから、

「あれ？　兄貴、どうしたい？　なんだか、冴《さ》えねえ顔してるじゃねえか？」

やっと長八がおとなしいのに気がついたらしい。

「顔が冴えてるわけがねえ。気持ちが冴えねえんだからな。それより、米吉。おめえ、

うなぎ、食うつもりかい？」

「当たり前だよ」

「当たり前？何が当たり前だ」

「え？　だって、兄貴んとこはうなぎ屋じゃねえか」

「何の因果かな」

うなぎ屋は長八のおやじが始めた商売である。それも死ぬ五年ほど前に始めたに過ぎない。いま、思えば、おやじはうなぎ屋としてはまるで未熟だったはずである。それまではまな板をつくる職人だった。そのまま、まな板のほうをやっていてくれたら、いまごろ自分もこんな嫌な思いをしなくてすんだかもしれない。

「米吉。おめえ、あんなかわいい生きものを食うのか？」

「かわいい？　うなぎが？」

「かわいいさ。よく見てみろよ。顔は丸くて、目がぷちっとして、照れたり嬉《うれ》しかったりすると、くねくねなんかしたりして」

「ふうん。そう言われると、そんな気もしてくるな」

米吉は頼りなさそうな顔になった。

「だろ？」

「どじょうにはそんなことは思わなかったのに。どじょうよりも、うなぎのほうが姿かたちはかわいいのかな」

と、米吉は首をかしげた。

「そりゃそうさ。一目見たって違うもの」

「違うか?」

「どじょうは、なんかどぶみたいな色をしてるだろ。うなぎみたいに神々しく黒くて艶々《つやつや》してねえんだ。しかも、ちびのくせに髭《ひげ》なんか生やして、偉そうじゃねえか。だいたい、どぶから湧いてんだろ、あれって」

と、馬鹿にした口ぶりで言った。

「そうなのか?」

「そうさ。ぼうふらと同じようなもんだ」

「おいらは、ぼうふらの親戚を食わせてるのか。がっかりだなあ」

「ま、がっかりすることもねえさ」

長八は米吉をなぐさめ、

「それに、どじょうは鍋に入れて煮るだけだろ。さばいたり、骨を抜いたり、余計なことはしないだろ」

と、訊《き》いた。

「そんなことはしないさ。さばいて食わせる店もあるらしいが、おれはそんなことはしねえ。丸ごと食ってこそ、精もつくってもんだ」

「きっと、それも殺生を感じないですむ理由なんだ。いいか。おいらがどんだけ残酷なことをしてるのか、おめえもよく知ってるはずだが改めてよく見てみろよ」

長八は、調理する過程をいちいち見せることにした。

うなぎを米吉の目の前に突き出して、

「ほら、顔をよく見るんだ、うなぎの顔を」

頭を包丁の背でがつんと殴りつけた。

「うわっ。こんなひでえことしてんのかい。いま、頭がゆがんだぜ」

「そうだろ。しかも、こうだぜ」

まな板に置くと、目のところにぶすりと目くぎを刺した。

「痛っ」

と、米吉は思わず言った。

「痛いだろ」

「目のところから、血もにじんできたぜ」

「そりゃあ血もにじむさ。中身の脳みそがつぶれたんだもの」

「うへえ」

「ほうら、うなぎは七転八倒してる。しゃべることができたら、なんと言っているか。助けてくれ、米吉さん。まだ、死にたくねえよぉ。お願いします。おいらは何も悪いことなんかしてませんよ」

「うわあっ」

米吉は耳をふさいだ。

「どうだ？　これでもおめえはうなぎを食えるか。食えるものなら食ってみろ」

「こりゃあ、かわいそうだよ」

「だろ？　とても、調理なんかできなくなっちまったんだよ」

「その気持ち、わかるよ、兄貴」

袖口でそっと涙をぬぐった。

「だが、そんなこと言ってたら、おいらはおまんまの食い上げになっちまう」

「ほんとだ。それは弱ったな」

米吉は金だけ払って、うなぎを食わずに帰っていった。

三

長八は、さまようような足取りで海辺の道を歩いていた。

炎天下である。しかも、日差しが海からも照り返していて、呪いたくなるほどの暑さである。

ぬぐってもぬぐっても汗が出る。また、このあたりは木陰というものがなく、洗濯物になったみたいに日差しに照らされる。出てきたことを後悔したが、しかし引き返す気にもなれない。

悩んだあげくに、菩提寺《ぼだいじ》である全満寺《ぜんまんじ》の南念和尚《なんねんおしょう》に相談することにした。

女房のおたねにも愚痴《ぐち》をこぼしたが、

「やっぱり殺生をつづけてきたバチは当たるんだね」

と、ぬかしたきり、なぐさめようともしなかった。悩みの持って行き先は、やはり神仏しかないらしい。

全満寺は、深川の海っぱたにある。目の前は小さな砂浜で、風が強い日は本堂から畳の部屋まで砂粒が入ってざらざらしてくる。だが、今日はその風すらもぴたりとやみ、砂粒が恋しいくらいである。

宗派は浄土真宗。同じ浄土真宗なら、家からも近い築地本願寺の檀家になればいいものを、何代も前からここの檀家なのだからどうしようもない。

「お、和尚さん……」

息も絶え絶えに、廊下から声をかけた。

「誰だ？　よう、長八か」

「み、水を一杯」

「これ、誰か水を持ってきてやれ」

ようやく一息ついた。

「大丈夫か？」

「ええ、まあ」

和尚の南念はギザギザ眉《まゆ》で、目が真ん丸なのが印象的である。この丸い目がときどき、いかにも意地悪そうな光を帯びる。狡猾《こうかつ》そうにも見える。恐ろしく意地悪で狡猾な性格なのだろうと思うが、寺では大勢の孤児を養っていたりして、本性は善なのか悪なのか、どうもよくわからない。

「そういえば、この前は馳走《ちそう》になったな」

南念がふらりと立ち寄って、タダ酒をしこたま飲んでいったのだ。ただしうなぎはほとんど食わずに肝だけを肴《さかな》に飲んだ。わしは肝だけでいいなどと、まるで遠慮したようなことを言っていたが、肝串一本つくるのにはうなぎ二、三匹は要《い》る。それを次々に食われたら、こっちが困ってしまう。

「また、行くぞ」

と、南念和尚は言った。来なくてもいいとは言えない。

「来てもらっても、うなぎにはもう会えねえかもしれませんぜ」

「どういう意味だ？」

「じつはね……」

と、この四、五日の悩みを語った。とてもじゃないが、うなぎ屋をつづけられない。どうしたらいいのだろう。

「ははあ、それを知ってしまったか」

と、和尚は勿体《もったい》ぶった顔で言った。

「ええ」

「知ってしまうと生きにくくなることがある。だが、知らなかったときが、なんと愚かだったかと思う」

「まったくその通りで」

やっと自分の気持ちがわかってもらえた気がした。

「うなぎでも、そういうやつが出てきたか」

「うなぎでも？　どういう意味で？」

「ここらの檀家で、うさぎの飼育をしてるのがいる」

「ああ、うさぎね。白くて、月見て跳ねるほうね」

江戸っ子は四つ足の肉はほとんど食べないが、どういうわけか、うさぎの肉はふつうに食べた。

「その男は、よせばいいのに、飼っていたうさぎに名前をつけた。うなぎほど数はいないし、区別もつけられるので、名前はつけようと思えばつけられるんだな。赤目ちゃんだの、半耳ちゃんなんて子どものように呼んでいたものだから、とうとうかわいくてつぶせなくなってしまった」

「その気持ち、わかりますよ」

と、長八はうなずいた。

「幸い、その男はほかに食い扶持《ぶち》があるので、うさぎは愛玩《あいがん》用として飼っていればいい。だが、お前はそうはいかぬ。さて、どうしたものかのう」

「なんとか、お知恵を」

「御仏にお訊《たず》ねするしかないな」

南念和尚はお釈迦《しゃか》さまの前に座ると、お経を読み出した。お釈迦さまは砂まじりの風に当たりすぎたのか、表面がざらざらした感じになっている。だが、それは風格らしき味わいにも見えた。

長八はお経を聞いているうち、別の檀家の者から、南念和尚の噂《うわさ》を聞いたことを思い出した。

「あの和尚になにか相談すると、かえって悩みが深くなる……」

そういう評判があるらしい。しかも、その評判を直接、本人にぶつけたら、

「むしろ、それが狙い」

と、居直ったという。

——やはり、来るんじゃなかったか……。

後悔しはじめたとき、和尚がくるりとこちらを向いた。

「解決策が浮かんだ」

「えっ、本当ですか」

「うなぎの顔をいったん憎々しげな悪党面《づら》にするのだ」

これはまた、素《す》っ頓狂《とんきょう》な策である。

「どうやって？」

「髭をつけ、顔を黒く塗って、いかにも悪そうにすればいい」

と、和尚は自ら悪相をしてみせた。

「最初から髭もあれば、肌も真っ黒です」

「そうだったな。では、傷を入れてみてはどうだ、凶状持ちのやくざみたいに？」

「うなぎは生簀であばれてるので、もともと傷だらけです。だが、別段、悪党に見えるなんてことはありません」

「そうか、弱ったな」

「弱りますよ」

やはり、この和尚のところに来ては駄目だったのだ。

「あ……」

「どうしました？」

「割いたり、切ったりせず、そのまま丸焼きにしてはどうだ？」

と、和尚は言った。「それなら、まだ五体そのままであの世に旅立たせてやれるぞ。切り刻んで、串に刺して、べたべたするものを何度も塗りたくられて、熱い炭火で焼かれるよりはずっとましだろう」

自分の娘がそんな目に遭うことを思ったら、怒りで気が狂ってしまう。それを自分は毎日、何十匹とやってきたのである。

「丸焼きかあ」

その手は考えなかった。

「炭の上にひょいと放り投げればよい」

「そうだ、そうしてみますよ」

翌日――。

長八はさっそくうなぎを丸焼きにして出した。たしかに割いたり、切り刻んだりするよりは、心の負担が少ない。

この日の最初の客は近所の常連だった。築地の行き止まりは南飯田河岸《みなみいいだがし》という河岸になっているが、そこで網元をしていて、地元の顔役と言ってもいい。羽振りがよくて、ときどき木挽町《こびきちょう》あたりの芸者を数人つれて食べに来てくれるが、この日はふらりと立ち寄ったらしく一人だった。

「お待ちどうさまです」

皿を見ると、河岸の顔役はぎょっとした。

「なんだ、これ？」

「どうぞ。今日から調理法を変えたんですよ。さんまのように箸《はし》でむしり取って、小皿のたれをつけて食ってもらえればいいんです」

「いいんですって、へびだろ、これ？」

と、気味悪そうに指を差した。

「いや、うなぎですよ」

「へびだよ、どう見たって。とぐろ巻いてるじゃねえか」

「だが、ほんとにうなぎなんですよ。焼いたら、たまたまそういうかたちになったんでさあ。生前はへびに憧れてたのかもしれませんねえ」

「ふざけんな。こんな店、二度と来るか」

河岸の顔役は、箸を長八に叩きつけ、怒って帰ってしまった。

四

長八のところで変なものを出すという噂は、たちまち界隈《かいわい》を駆けめぐり、客足はぱたりと途絶えた。

――それもしょうがねえか。

なかば自棄《やけ》になり、なかば落胆しているところに、南念和尚が訪ねて来て、

「あのあと、わしもつらつらと考えてみた。要するに、お前のうなぎの商売を殺生でなくしたらいいんだな？」

と、訊いた。

「殺生でなくする？　あっしは、七面倒なことはわかりませんが、かわいそうと思わなくてすむならいいわけで」

「それはできるぞ」

「ほんとにできますかね？」

あまり信用できない。

和尚は入れとも言わないうちから中に入ると、座敷の上がり口のところに膝を抱くように座った。猿回しの猿がこれから昼食を取るような姿勢である。

「まず、うなぎの天寿をまっとうさせるのだ」

「うなぎの天寿？　そんなもの、いくつなのか、あっしは知りませんぜ。みんな、活きのいいうちにさばいて食うんだから」

だが、深川の先の川と海がまじわるあたりでは、ときおり三尺ほどもあるうなぎが罠《わな》にかかったりする。四尺となるとほとんど見たことがないので、おそらくそこらが寿命の限界、すなわち天寿なのではないか。

「途中で食うから殺生になる。よいか、そうではなく、まずうなぎにたらふくいい餌《えさ》を与え、のんびりくつろがせてやるのじゃ」

「はあ」

いい餌と言われても困る。うなぎは水中の虫や小魚などなんでも食べる。小エビだの小ガニだのは大好きみたいで、そこらを適当にやればいいのだろうか。

「すると、うなぎは丸々と肥え、幸せな日々を過ごし、自分の人生に満足する。まあ、こういうのは幸い寿命も短い」

「幸せで長生きされたらたまらんですな」

長八はうなずいた。ただ、そういうやつに限って、図々しく長生きするのだ。いろいろ例外もあるだろうが、世の中全般でいうと、だいたい善良な人間の順に死んでいるような気がする。

「見た目にも寿命が迫ったのはわかるはずじゃ。なんなら、うなぎに訊いてみればいい。あんたそろそろもういいんじゃないかと。うなぎはこっくりとうなずく」

「うなずきませんよ」

長八は、呆《あき》れて笑った。

「ま、そこは以心伝心でな。充分に満足して生きたうなぎを極楽に送ってあげるのは、殺生とは言わぬ。成仏じゃ」

「なるほど」

と、ついうなずいてしまう。

「ところが、難しいことがある。そんなことをしてたらお前の商売が成り立たない」

「あっ、そうですよ。うなぎにたらふく食わせて、寿命の尽きるのを待っていた日にゃ、こっちが先に飢えてくたばっちまう」

「そこが思案のしどころなのだ。よいか。それは、ふつうの値段で客に出そうと思うからだ。一匹一両で食わせるのだ」

「一匹一両！」

「それくらい当然だ。天寿をまっとうしたうなぎだぞ。食う者も天寿をまっとうできるかもしれない。ましてや、丸々肥《ふと》って脂もたっぷりのっている。味もいい」

「そりゃそうだが、一両ってのは」

「それはこんな路地裏の店で食わせたら駄目さ。もっと見た目もいい、広々としたところで、ゆったりのったりした調子で食わせる。うなぎ屋じゃなく、うなぎのうまい料亭だな。お前のほうも、そこは腕の見せどころだぞ。素材に頼らず、料理人としての最高の技を発揮せねば駄目だ」

「もちろん、そこはしっかりやりますよ」

ふだんはどうしても急ぎ仕事になるので、意に反して手を抜かざるを得ないところはある。いっさい手を抜かない料理を出したいという気持ちは、板前や職人なら誰にでもあるだろう。

「だったら、一両出しても食うという粋人《すいじん》は、江戸にはかならずいる。それがこういう大きな町の面白いところだ」

「へえ。一匹一両ですか。それだったら、月に三、四匹も売れたらあっしもおまんまを食っていける」

「そういうことだ。いきなり新しい店は持てないだろうから、しばらくはうちの寺の離れでやってみたらいい。あそこは景色だけはいいからな。三、四匹以上儲《もう》かったら、その分の三割ほどはわしに寄こせ」

結局、この和尚はそういう儲けがからむ話になる。

それから三月後――。

「ほう、たいしたものじゃのう」

築地を訪ねてきた南念和尚が、感心した声をあげた。長八の新しい店を見にきたのである。

「ちょうどいい出物がありましてね」

「凝ったつくりだ」

「日本橋の大店《おおだな》の隠居家だったんですが、隠居が亡くなったため売りたいということになりましてね。値段もそこそこで、この中庭が気に入ったんでね」

二十坪ほどの庭で、こぶりの池とかたちのよい石組みはどの部屋からも眺められる。羊歯《しだ》が生い茂って、いかにも涼しげである。

「いや、庭だけでなく、中もよいぞ」

「へっへっへ。そうですかね」

中の壁や障子を新しくしたら、一流料亭さながらの店になった。弟子を一人入れ、女中も二人雇った。

女房のおたねも以前から仕事を手伝っていたが、最近は「女将《おかみ》」などと呼ばれて嬉しそうにしている。

「それにしても、予想以上に流行《はや》ったよな」

「まったくです。これも、和尚さんのおかげですよ」

「ま、そうだな」

南念は謙遜《けんそん》などしない。

たしかに全満寺の離れで始めた長八の新しいうなぎ屋は、当たりに当たった。

成功の理由は一つではないだろう。日本橋界隈にずいぶん引き札を撒《ま》いたのもよかったかもしれない。ちょうど土用の丑《うし》の日が近づいていたという時期における幸運もあったはずである。

また、有名な大店の隠居が、百歳のお祝いでこのうなぎを食べたところ、翌日にぽっくり亡くなった。まったく苦しみもせず、区切りのいいところでの大往生。あのうなぎのおかげではないかと、下町一帯で評判になった。

「ご天寿うなぎ」

と、長八の思いつきで呼び名に「ご」をつけたのもよかったに違いない。それでさらにありがたみを増したらしい。

いかにも縁起がいいと、ご天寿うなぎは江戸の粋人《すいじん》たちのあいだで話題になり、月に三、四匹どころか、十日は予約が入る繁盛ぶりとなった。一回の予約で三人、四人と連れ立ってくるから、実入りはさらに増えた。

三月《みつき》もしないうちに、長八のうなぎ料亭は深川の海っぱたから築地にもどることになったのである。

ただ、南念和尚がつくづく人というのは浅ましいと思ったのは、商売が繁盛するや、長八はふたたび殺生の切なさなど忘れてしまい、

「おい、うなぎはどうした？」

「今日はまだ、天寿をまっとうするうなぎが出てません」

「ちっとくらい早くても、天寿にしてもらいな」

そんなことをぬかす始末だったのである。

第二席　下げ渡し

一

長屋の大家が、仕事から帰ったばかりの大工の政五郎《まさごろう》の家にやって来て、

「いい話だぞ」

と、自慢げに告げた。鼻の穴を、指でも突っ込みたくなるくらいに膨らませている。

だが、政五郎は特段、嬉《うれ》しそうな顔はしない。

「いい話ねえ。おいらは死んだおやじからしょっちゅう言われていた。いい話というのを持って来るやつには、ろくなのがいねえ。それを言って来たら、すぐに縁を切れってね。だから、大家さんとも縁を切らせてもらうよ」

「ちょっと待ちな、政五郎。お前が言いたいこともわかるが、これはほんとにいい話なんだよ」

「なんですか？」

「向こうにお城があるだろ」

「おしろい？」

「おしろいじゃない。お城」

「そんなもの、ありましたっけ？」

「あるだろうが。お濠《ほり》と石垣に囲まれて」

「ああ。ありゃあ、将軍さまのお宅じゃねえですか。あんなところは、おいらとは何の関係もねえ」

「ところが、あるのさ。じつはこのたび、お城の大奥という職場が人減らしをするというので、そこで働いてきた女たちを巷《ちまた》に下げ渡しすることになったのだ。なんでも先代の将軍さまがお城に大勢、女を雇い過ぎたため、飯代やら着物代の掛かりが莫大《ばくだい》になってしまったらしい」

「そりゃあ、無駄に人を雇っちゃ駄目だ。家をつくるのだって、仕事に合わせて大工を調達しなかったら、すぐに赤字になっちまうもの」

「それで、うちの女たちをどうか嫁にもらって、幸せにしてやってくれないかと、こういうわけなんだよ」

「ふうん」

政五郎はまだ、大家を怪しむような目つきである。

「それで申し込みする者をつのった。あたしも、どうせ当たらないだろうと思ったが、嫁不足の昨今、うちの長屋の独り者に嫁をもらってやりたいと申しこんでおいたのさ。そのくじ引きが今日、おこなわれたが、なんとあたしが当たった。富くじの七等だって当たったことがないのに」

「大家さんがもらうの？」

「そりゃあ、あたしだってもらえるものならもらいたいさ。でも、妻帯者は駄目なんだ。いるだろ、うちには婆《ばあ》さんが」

「いますね。大家さんの三倍も大きくなって」

「そんなに大きくはないよ。それに、深川のどこだかの大家が自分の妾《めかけ》にするつもりでいたみたいだが、妾になどしたら厳罰に処すると念を押されていたよ。だからあたしはさっき、お前さんの名前を書いて、お城に提出してきた」

「はあ」

政五郎は気のない返事をした。

「はあって、お前さん、もうちょっとありがたく思ってくれてもよさそうだがね」

「もう少し、大家さんの魂胆を確かめてからだね」

「なんだい、魂胆て？」

「礼金の額とか」

「安心しな。そんなもの、期待しちゃいないよ。あたしはね、お城に勤めていたくらいの女だから、あんまり軽薄だったり、だらしなかったりするヤツは駄目だろうと考えたのさ。うちの長屋の独り者といったらあんたを入れて四人しかいない。まず、お侍の尾形清十郎《おがたせいじゅうろう》さんは五十過ぎてから浪人して、お内儀にも愛想をつかされたくらいだから、話にならない。しかも、酔っ払うと、井戸端で裸踊りをはじめるし」

「ええ。昨日の晩もしてましたよ。裸踊りどころか、井戸の中に『げえー』って」

「汚いなあ。井戸替えは自分でやってもらわなくちゃ駄目だな。それからお店者《たなもの》の長吉《ちょうきち》が独り者だが、あいつは吉原狂いだろ。なじみの花魁《おいらん》が三十人ほどいるなんて自慢してるくらいだもの」

「それは凄《すご》いですね」

「なあに凄くなんかない。なじみったってほんとにできてるわけじゃない。のべつ吉原の通りを歩いては、格子窓越しにどうでもいいような世間話をぺちゃくちゃしゃべってるだけ。ただの顔なじみってだけだ。たまに食い残しの甘納豆なんかもらった日には、あいつはおれに惚《ほ》れたなんてぬかしてるんだ」

「そんなもんですか」

「飛脚の辰平《たっぺい》はバクチ好きだ。朝、起きるとすぐから、晴れか雨かで賭けをするようなやつだよ。このあいだは、大家さん、今月の店賃をあっしが払えるか払えないかで賭けをしませんかときた。どうせ、あたしが払えると言えば払わない。払えないと言えば払って、勝ち分を取ろうって魂胆なのさ。それを言ったら、当たりだって」

「うまいこと考えますね」

「うまいことなんて言っちゃ駄目だ。そこへいくと、あんたみたいなカタブツはほかにいない。嫁も泣かなくてすむ。あんたがいいだろうと思ったのさ」

「ふうん」

　思わぬ話でなかなかぴんとこない。

　政五郎は今年、三十五歳になった。大工としての腕はしっかりしているし、これで大きな仕事でも受けようものなら、棟梁《とうりょう》にもなろうかというくらいの信用ができつつある。

そのためにも、そろそろ身を固めたいし、周りからもしきりに嫁をもらえと勧められている。だが、この政五郎、自他共に認めるカタブツで、女を口説《くど》くというのがひどく苦手である。

一度、かなりの美人を嫁にどうかと言われたとき、相手の美貌にうっとりして、

「いい顔立ちですねえ。どんな鑿《のみ》で彫れば、そんな顔立ちになるんですかい？　また、そのきめの細かい肌。よほど切れ味のいい鉋《かんな》で削らないと、その肌艶《はだつや》にはなりませんよ」

と、やった。

女は鑿で彫られたり、鉋で削られたりするのではないかと恐《こわ》くなったらしく、さっさと逃げ帰ってしまったのだ。

「どうだ、政五郎。なにか訊《き》きたいことはあるかい？」

大家は急《せ》かすように訊いた。

「ええ。その女は、お城ではどういう仕事をなさっていたんでしょう？　飯炊《めした》き？　それとも裁縫とか？」

「それが、あたしもよくわからないんだが、なんでも、〈くのいち〉とかいう仕事をしていたそうなんだ」

「くのいち？」

「うん。そうおっしゃってたよ」

「くの一というからには、くの二とか、くの三もあるんでしょうね」

「さあ？」

「あれですかね、火消しのく組とかめ組とかそれと同じで、く組の一番」

「なるほどな」

「そうだよ。きっとお城の火事番みたいなものなんですよ」

「火事番ねえ。あ、そういえば、なんでも、びこうの名手ともおっしゃっていたな」

「びこうの名手？　なんですか、そりゃ？」

「それは当人に訊けばいいじゃないか。それとも、断わるかい？」

「とんでもない。もちろん、いただきますとも」

政五郎は背筋を伸ばし、きっぱりと言った。

二

大家は喜んでもどって行ったが、政五郎はなんだか気になりだした。

──くのいちってなんだろう？

「く、の、い、ち」

と、口に出してみた。

しゃきしゃきして、うまそうな感じがする。だが、食いもののはずはない。お城の女だというのだから。

女なのだが、菜っ葉みたいになってしまったのか。茹《ゆ》でて食うとうまいですよって。

もう一度、言ってみた。

「くう、のぉ、いぃ、ちぃ」

すると怪しげな響きもある。

あるいは、猫みたいな生きものになってしまった女かもしれない。撫《な》でるとごろごろいって、夜なんかネズミを獲《と》ってきたりして。

それでは化け物だろう。

「お侍の符牒《ふちょう》かもしれない。そうだ、尾形清十郎さんに訊いてみよう」

と、長屋でただ一人の武士のところに顔を出した。

尾形清十郎は、ちょうど傘張りの仕事をしていた。

歳《とし》は五十いくつと聞いているが、浪人したりして苦労したせいか、七十近いようにも見える。ときどき、一日に二回、「おはよう」を言われたりもする。

ただ、肌だけは光り輝いていて、脂でてらてらしている。傘張りなどするよりは、自分の肌に紙をくっつけて、油紙をつくる仕事をやったほうがいいかもしれない。

「あのう、尾形さま」

「なんだ、政五郎」

「じつは、尾形さまに訊きたいことがありまして」

「政五郎の質問は堅くていけない。このあいだは、岩と鉄ではどっちが硬いかと訊いてきたよな」

「ああ、あれですね」

「わしが鉄が硬いと答えたら、そこの通りで岩蔵《いわぞう》と鉄蔵《てつぞう》がぶつかったら、岩蔵はなんともなかったのに、鉄蔵はあばら骨を折った。だから、岩のほうが硬いって、あの質問はくだらなかったな。それで、今日はなんだ？」

「へえ。じつは、くノ一ってなにかなとお訊きしたくて」

「くノ一だと」

尾形の顔が急にひくひく動いた。

「ご存じなので」

「もちろん知っている。わしは、藩にいるときは密偵割り出し役という仕事をしていたので、くノ一は宿敵と言ってもよいくらいだ」

「宿敵……なんだか恐ろしそうですね。なんなんですか、くノ一ってえのは？」

政五郎は恐る恐る訊いた。

「女という字を分解してみるがよい。平仮名のく、片仮名のノ、漢字の一でできてるだろう？」

「あ、ほんとですね。なんだ、女のことですか？」

「ただの女だったら、わざわざ分解して呼んだりするものか。忍びの者、忍者の女をくノ一と呼ぶのだ」

「へえ、すると、男の忍者はめぢからですか？」

「なんだ、それは？」

「男という漢字は目に力でしょ」

「目じゃない。田だろうが。たしかに男の忍者には、たぢからという言い方もあるらしいな。だが、なんでそなたがくノ一のことなど訊く？」

「ええ、じつはですね、お城の大奥というところの女を巷に下げ渡しするくじに、大家さんが当たりまして。それで、あっしにどうだと」

政五郎がそう言うと、尾形清十郎の眉《まゆ》がぐうっと上がった。

「なになに。それは聞き捨てならんな。わしだって独り者だぞ。なぜ、わしに下げ渡してくれぬ？」

「そりゃあ、無理です。大家さんが言ってましたよ。尾形さんは五十過ぎて浪人したくらいだから、お先は真っ暗だし、お内儀だっていたのに稼ぎがないのと酒癖の悪いのに絶望して出て行ったし」

「ひどい言いようだな」

「酔えば井戸端で裸踊りをして、井戸の中に『げぇー』っとやるし」

「ううむ。なんでそこまで知ってるのだ」

「だもんで、尾形さんはいの一番に除外したそうです」

「ま、いいや。つまりだな、政五郎のところに下げ渡される女は、方々でいろんなことを探る密偵の仕事をしておったのよ」

「へえ」

「くノ一は化けるぞ」

尾形は声をひそめ、怪談話でも始めるような口調で言った。

「昨日は芸者かと思えば、今日は農家の嫁、明日には巫女《みこ》になっていたりする」

「へえ」

「しかも、くノ一はもぐるぞ」

「もぐるんですか？」

「穴を掘ってな。夜中に床下からひょっこり顔を出したりする」

「恐いですね」

「それどころか、くノ一は馬よりも速く走る。猿よりもすばやく木に登る。蛙《かえる》よりうまく泳ぐ」

「凄いですね」

「また、よく動くから、よく食べる。飯なんかどんぶり五杯くらいは軽く食う」

「そりゃあ飯代が大変だ」

「家財のほとんども持っていかれる」

「泥棒だよ、それじゃ」

「しまいには、消えるぞ」

「まるで狐《きつね》ですね」

「化ける？」

「とにかく、あいつらは並の者ではない」

「はあ」

「政五郎。不幸なことにならぬとよいな」

「おどかさないでくださいよ」

「あっはっは。もっとも下げ渡しになるくらいのくノ一だからな。そんな一流のわけがない。化けたって尻尾《しっぽ》が見えてるし、もぐるったってせいぜい縁の下。走れば亀よりも遅く、木登りだってブタ程度。泳ぎなんか犬より下手《へた》な猫かきがやっと。しょせん、下げ渡しされるようじゃ、せいぜいその程度のくノ一さ」

「へえ。しょせん、下げ渡し……。そんなふうに言われると、ホッとするような、がっかりするような……」

政五郎は微妙な気持ちになった。

三

三日ほどあいだを置いて——。
大家がまた、やって来た。もう暮れ六つも過ぎて、晩飯をすませた政五郎は、布団でも敷こうかというころあいである。

明日は仕事が休みで、仲間の多くは酒を飲みに行くか、吉原にでもしけこむかだが、政五郎はゆっくり身体を休めることにしている。とにかくいい仕事をするのが第一である。

「あれ、来てないかい？」

大家は家の中を見回しながら訊いた。

政五郎の家は長屋の奥、いちばん端っこにあって、他よりもいくらか広くできている。四畳半ほどの板の間に六畳の部屋。押入れもあり、壁には窓もある。一人で住むには勿体《もったい》ないくらいなのだ。今宵《こよい》も開けた窓から爽やかな初夏の風が吹きこんで来ていた。

「誰がです？」

「嫁さんだよ。あんたの」

「いえ。まだ来てませんけど」

「そんなはずないんだがな」

大家の話によれば、嫁は夕方には来る約束だったが、二人で話すこともあるだろうから、遠慮してしばらく待っていたのだそうだ。

「来ております」

と、後ろで涼やかな女の声がした。

「え？　まさか、この中？」

押入れを開けると、女がいた。

「次の間がなかったので、ここにて待機しておりました」

と、三つ指をついて挨拶した。

「驚いたなあ」

「しのぶと申します。以後、よろしくお願いいたします」

歳のころなら二十七、八。色が白く、切れ長の目を恥ずかしげに横に向けると、ぞくりとするほどの色気がある。以前、鼈や鉋に怯《おび》えて逃げ帰った美人とも充分、張り合えるほどの器量である。

「いや、なに、来ていたならいいんだ。じゃあ、二人ともよろしくな」

大家はなにやらにやにやしながら帰って行った。

政五郎は改めてしのぶを見て、

「へえ、たいしたべっぴんじゃねえですか」

と言った。お世辞など言える男ではない。心底そう思ったのだ。

「化粧を少々いたしておりますが」

しのぶも政五郎が本気でほめたのはわかったらしく、照れ臭そうに謙遜《けんそん》した。

「あっしは大工をしております政五郎と申します。お初にお目にかかります」

政五郎は馬鹿丁寧にお辞儀をした。

「じつは、お初ではございません」

「え?」

「この三日ほど、政五郎さまを尾行させていただきましたので」

「びこう?」

「あとをつけ、その人の正体をじっと見定めることを尾行と申します」

「それの名手ってことだったのかい」

と、政五郎は大家が言ったのを思い出した。

「そちらでは、くノ一仲間の中でも、一、二を争うほどだと評判でした」

しのぶは自慢そうに言った。

「じゃあ、あっしが昨日はどこの現場にいたかもご存じなので?」

「はい。昨日は神田の花房町《はなぶさちょう》にある味噌《みそ》問屋さんの建て増しの仕事に行かれてました」

「当たりだ」

「わたしは、昼ごはんのとき、お茶を差し上げましたが」

「あのときの？　もっと肥《ふと》った娘さんだったぜ」

「はい。ちょっと変装を」

「驚いたねえ」

「一昨日《おととい》と先一昨日《さきおととい》は新右衛門町《しんえもんちょう》の隠居家を仕上げてましたね」

「うん、そうだ。でも、あそこじゃ娘がお茶を出してくれたなんてことはなかったぜ」

「ご隠居さんのつれあいが、何度か仕事を見に来てましたでしょ？」

「え、あれは七十過ぎの婆さんだったぜ」

「わたしでございます」

「そりゃあ、たまげたねえ。ほんとに化けるんだね。狐に化けられるかい？」

「いえ。動物は無理でございます」

「人ならいいのかい？」

「人ならだいたい」

「じゃあ、赤ん坊に化けておくれよ」

政五郎がそう言うと、しのぶは苦笑して、

「赤ん坊は無理でございます。大きさが違いますから」

「そりゃそうだな」

「あとはだいたい、老若男女を問わず」

「まさか、いまも化けているんじゃないだろうね。あとで布団に入ったら、じつは八十の婆さんでしたなんてえのは嫌だよ」

「ですから、いまは化粧を少々しているだけで」

「ああ、よかった」

「それで仕事が終わると、政五郎さんはお友だちから吉原に誘われたのをきっぱり断わり、帰宅の途に着かれました」

「帰宅ってほどのもんじゃないけどな。うん。どこにも寄らずに帰ってきたよ。だいたい、帰りはどこにも寄らずに帰ってくるのさ」

「でも、途中の木戸の板が一枚外れそうになっていたのを、わざわざ足を止めて直してあげました」

「うん。そうだったな」

「それから湯屋に行って、汗を流された。混浴なのに女の裸を嫌らしい目で見たりもせず、わたしが湯船に入ったらちゃんと目を逸《そ》らしたりして」

「うひぇ、あんただったのかい」

「世の中にこんな真面目《まじめ》な人がいたのかと驚きました。どうか、末長くよろしくお願いします」

「どうも、ごていねいに」

政五郎も慌てて頭を下げた。

「驚かせてしまいましたか？」

「くノ一というのは大変な仕事だとは聞いていたんですがね。まさか、これほど凄いものとは」

「お恥ずかしい次第です」

「お話をうかがっちまうと、ちょっとおろそかには扱えませんね」

「いいえ。長屋に嫁入りしたからには、おかみさんたちといっしょ。気楽に接していただいたら、わたしも羽根を伸ばして生きていけます」

「羽根を伸ばして？」

「はい。これまでは日々、緊張がつづく、命がけの毎日でしたので」

「大変だったんだねえ」

思わず同情してしまった。

四

翌朝――。

政五郎が今日は休みなのでのんびり横になっていると、

「どうだな、嫁御は？」

と、尾形清十郎がのぞきに来た。

にやにやしながら部屋中を見回すと、くんくん匂いを嗅《か》いでみたりする。

「いませんよ」

「もう、逃げたのか？」

「逃げませんよ。いま、近所に買い物に行っています。お椀《わん》や箸《はし》が二人分なかったもんでね。さっきまでいっしょにおまんまを食っていたんですがね、なにせお椀も箸も一人分だからあっしがしのぶの口に運んであげましてね。ほら、お食べ、あーんてな具合で。お前さん、そっちの納豆が載っているあたりを。ここかい？　こっちの佃《つくだ》煮《に》を載せたところもうまいよ、なんてんでね」

「さようか」

「なんせ一人分を二人で食いますでしょ。お椀はあっという間に空《から》になるから、朝っぱらからおかわり五杯ですよ」

「のろけもけっこうだが、いかにもくノ一らしいところはなかったのか？」

「そりゃあ、ありました。旦那の言ったとおり、化けたり、あとをつけたりといったことはしたみたいです。でも、べっぴんだし、心根もやさしそうだし、ありゃあ、あっしには過ぎた嫁です。こんなにありがたい下げ渡しはありませんよ」

「ふうむ。おかしいな。くノ一なんてとても長屋の嫁におさまるはずがないと思っていたのだが」

　すると、そこにしのぶが、

「ただいま」

　明るい声で帰って来た。

「おう、こちらは同じ長屋に住む尾形清十郎さんだよ」

　政五郎が紹介する。

　尾形もさすがに露骨に顔を見たりはせず、膝を正した。

「これはこれは、政五郎のところに嫁に参りましたしのぶでございます」

頭を下げ合い、ふっと顔を上げると、

「あっ」

「あら」

互いに指を差し合った。

「そなた、三年前にわが藩に忍びこんでおったくノ一」

「あなたは大鷲《おおわし》藩の尾形清十郎」

そう言ってしのぶはくるくるっと後ろにとんぼを切ると、ひょいっと天井と梁《はり》とのあいだに飛び上がった。

政五郎はびっくりしてしまって声も出ない。

「わたしを追って江戸まで参ったのですか。手裏剣をお見舞いしますぞ」

たもとから星のかたちをした光るものを取り出した。

「あっ、こら、待て、待て。わしにそんなつもりはない。そなたには、なんの恨みも持っておらぬ」

尾形清十郎はあわてて両手を上にあげた。もともと腰に刀は差していないし、差していても竹光であることは長屋中の者が知っている。

「それはそうです。あなたに恨まれる筋はございません」

しのぶはきっぱりと言った。

「だが、そなたはわが藩の機密文書をすべて持ち去ったではないか」

「持ち去ったなどと人聞きの悪いことを。尾形さまは腰元になって潜入したわたしに、こうおっしゃったのですよ。なあ、しのぶちゃん。当藩の秘密を見たくないかい？って」

「そうだったっけ？」

「わたしはよく覚えています。密偵の仕事って、こんなに楽なのかと驚いたくらいですもの。あれは真夏の昼下がりでした。尾形さまは、お城の書物部屋の風通しのいい縁側に座って、袴《はかま》を尻のところまでまくりあげ、扇子《せんす》でぱたぱた風を送ってました」

「あそこは、夏の一等席だったからな」

「それで、井戸でよく冷やしたスイカを食べながら、しのぶちゃんも食べなよって」

「食べたんだろ？」

「一切れだけですよ」

「あのころはのん気だったなあ」

「尾形さまは大事な機密文書を縁側にずらっと並べてました」

「ときどき風を通さないと、虫が食うから」

「新米腰元のわたしがそんなもの見たらまずいですよと言うと、なあに、秘密なんていうのは、どうせいずれはばれるんだよって」

「あ、そんなこと言ったかも」

「そんなことおっしゃってると、誰かがそれ、持ち出してしまいますよって言ったら、かまわないよ、持ってって、屑屋《くずや》にでも売ってこづかいにでもしたらいいって。ずいぶんおおようなことをおっしゃいました」

「まさか、そなたがくノ一だとは思わなかったから」

「そんなことより、あとで一杯飲みに行こうかって」

「それは上司として部下と心が通い合わないといかんと思ったから」

「ふん。ずいぶん嫌らしい目をしてましたよ」

どうやら戦いにはなりそうもないので、政五郎が声をかけた。

「まあまあ、とりあえず、しのぶも下に降りて。驚いたねえ、まったく。二人にそんな因縁があったとはねえ。だが、人間はいつまでも過去を引きずっていてはいけねえよ。これからは同じ長屋の住人だ。昔のことは水に流して、楽しくやっていきましょうぜ。尾形さんもお願いしますよ」

政五郎が二人を見て、いかにも生真面目《きまじめ》そうに言うと、

「わかった」

尾形清十郎は素直にうなずき、

「わかりました」

しのぶもトンと下に降りた。

「大きな声を出したりしてすまなかった」

「わたしこそ手裏剣を持ち出したりしまして」

と、互いに頭を下げる。

「いやあ、世間は狭い。悪いことはできないもんだな」

「そうですよ、尾形さま」

そこで、政五郎が訊いた。

「それで、その後、藩はどうなったので？」

「機密文書をすべて幕府に見られて、殿は江戸に呼び出されて大目玉を食ったり、家老は責任を取って隠居したり、そりゃあもう大騒ぎだよ。結局、藩は取りつぶしこそ免れたが、二十万石から三万石に格下げになった」

「なんだ、じゃあ、すべて尾形さまのせいなんじゃないですか」

政五郎があきれた顔でそう言うと、尾形清十郎もさすがに恥ずかしげに、

「そう。なんのことはない、だからわしも、こうして巷に下げ渡し」

第三席　無礼講

一

「これ、茂太右衛門《もたえもん》はいるか」

加賀《かが》藩の前田《まえだ》家の殿さまが、江戸家老の久保田《くぼた》茂太右衛門を呼んだ。

加賀藩とはいっても、あの有名な百万石のほうではない。加賀大聖寺《だいしょうじ》藩といって、分家筋にあたる。こちらは、十万石ほどで、上屋敷は本郷の百万石のお屋敷のわきに、なんだか、みかんのへたとか狐《きつね》の尻尾《しっぽ》みたいにくっついていた。

その十万石の、何代目かの殿さまである。

「はっ、ここに」

廊下をぎしぎし言わせながら、茂太右衛門は小走りにやってきた。五十を越した数年前から、肥《ふと》っているせいもあって、ちょっとした動きですぐに息が切れるようになった。

「そなたも薄々はわかっているかもしれないが、わしは怒りっぽい」

そう言いながら、殿さまはすでに怒っている。赤ら顔をさらに赤くし、歯を剝《む》くような口をしている。扇子《せんす》の先を畳にぎりぎりとこすりつけているのは、怒ったときの癖である。この癖のため、扇子は一日で二、三本ほど駄目にしてしまう。

「いえ、薄々どころか、はっきりとわかっております」

「昨日の千代田城への登城の際も、上さまがあんまりのそのそ出てくるので、わしは思わず怒鳴りつけてしまいそうになった」

「上さまを怒鳴りつける……なんと言って？」

「このぐず、のろま。早くせいっ」

「うわっ」

茂太右衛門は、思わず耳をふさいだ。

背筋が寒くなる話である。もしも、そんなことが本当に起きていたら、いまごろは松の廊下の刃傷《にんじょう》どころの騒ぎではないだろう。

「さらに、帰ってきたら赤門のところで本家の若が駆けまわっていてうるさかったので、熟した柿の実をぶつけてやった」

「ほんとになさったので？」

「ちょうど顔の真ん中に命中してつぶれたものだから、胸がすうっとした」

「いくら殿でも門番たちは放っておかなかったでしょう？」

「大丈夫だ。暗かったので、わしがやったとはわからない。あの若もあまり賢くないから、柿の実が上から降ってきたと言って泣いていたぞ」

「なんということを」

「そんなに心配そうな顔をするな。いまのところは、状況を見て抑えたり、加減したりしているので大丈夫だ」

「とても大丈夫とは……」

茂太右衛門はそっとつぶやいた。

「ただ、こんな気性では、わが藩をお取りつぶしといった重大事に巻き込まぬとも限らぬ」

「それは藩士一同、心底から、心配していることでございます」

やはり、この藩は破滅の日が近いのかもしれない。

藩士たちが取りつぶしの恐怖に怯《おび》えるあまり、『忠臣蔵』は禁断の物語となっている。いつか自分たちは、したくもない討ち入りに駆り出される日がくるかもしれないと思うと、四十七士を称賛したり、感動したりする気にはとてもなれないのだ。

この殿さまは、子どものときから短気だった。

乳母の乳の出が悪いからと癇癪《かんしゃく》をおこし、乳首を強く嚙《か》んで怪我《けが》をさせるということがつづいた。このため、乳母になる女がいなくなり、いつも空腹で、ますます癇癪がひどくなった。

三歳のときには、庭にいた犬に癇癪を起こして嚙みついた。すると、逆に何度も嚙まれて、大怪我を負ったこともあった。

皆、この気性を心配し、「どうか大人にならないでもらいたい」と祈ったこともある。大人になれば、やがて藩主になってしまうからである。

だが、祈りはむなしく、ちゃんと大人になってしまった。

先代も、家臣たちのために、すこしでも長く藩主の座にいようと、七十五までは現役で頑張った。だが、ついに足腰が弱り、参勤交代などもできなくなって、隠居することになったのである。

「わしだって、好きで短気になったわけではないぞ」

「そうなので？」

「当たり前だ。だが、ちやほやされてわがままが通ったから、我慢することを学ばなかった。だから、そなたたち家臣にも責任はある」

「それはそうかもしれませんな」

と、茂太右衛門はうなずいた。

殿さまが怒っても、なんとかなだめすかすことばかりに気がゆき、叱ったりすることはほとんどなかった。途中からはすぐにおろおろして、できるだけ近づかないようにしていたほどだった。

「そなたたちもいままで、なにか方策は考えたのか？」

「それはまあ、多少は……」

殿さまがこういう性格だと、お手討ちだの切腹だのが頻発《ひんぱつ》しがちである。だが、この藩に限って、そうしたことはなかった。それは、次のような方策があったためである。

じつは、この殿さまが並外れた短気であることを心配した茂太右衛門たちが相談して、武術をいっさい教えないことにした。だから、刀の使い方もわからない。腰に差す飾りだと思っている。

切腹などというものもあることさえ知らない。当然、命じることはない。もし知っていたら、いまごろは藩士の半分は切腹して生きてはいないだろう。

では、殿さまが怒るとどうなるかというと、子どものころから変わらない。ひっかくか、噛みつくかである。

このため、家老や用人などは、身体中《からだじゅう》にひっかき傷や歯型の痣《あざ》があった。

ほかにも、できるだけ気が長くなるよう、うどんやそばなど長いものばかり食べさせた。また、殿さまの前では皆、ゆっくり話すように心がけた。

だが、こちらの方策はさほど効果はなく、短気のほうはまったく治っていない。

いままでは藩主の座にいなかったから、どうにかごまかすこともできたが、藩主となるとそうはいかない。お城に行くことも多いし、他藩の藩主とのつきあいも生まれる。

それを思うと、家臣たちはぞっとしてしまうのである。

「近ごろ、わしもこんな性格ではまずいと思うようになった。そこで、どうしたらいいか考えた」

「それは素晴らしい」

自分でなんとかしようなどというのは、初めてのことではないか。

「わしももう、五十だからな、それくらいは考える。だが、なにも浮かばなかった」

「なにも……」

茂太右衛門はがっかりしてしまった。水たまりだって、ぼうふらくらいは浮かばせるのだから、なにか一つくらい浮かんできてもよさそうである。もっとも自分たちも万策尽きているのだから、殿さまのことだけを責められない。

「それでさきほど来ていた全満寺の南念和尚に相談した」

「南念和尚に……それはよかったかどうか」

しらばくれた訳のわからぬことを言う坊主である。名僧だという者もいれば、あれは芸人だという者もいる。茂太右衛門は後者のほうだと思っている。

「ふだんの鍛錬が足りぬと言われた」

「それはまあ」

「怒りっぽい人間性をなんとかするためには、町人どもを招待して、無礼講《ぶれいこう》を開けばいいと言われた」

「ほう、無礼講を！」

意外な方策である。あんな坊主もたまにはいいことを言う。というより、あんな図々しい坊主でなければ、この殿に言いたいことは言えない。

「無礼講で鍛え、わしは何があっても怒らぬ大人に生まれ変わることにした。だから、茂太右衛門、まずはその無礼講を開け！」

殿さまは怒りを含んだ大声で言った。

二

久保田茂太右衛門がやって来たのは、屋敷と接した町人地の長屋である。

このあたりは不忍池《しのばずのいけ》の裏、下谷《したや》茅町《かやちょう》といい、表通りには出合茶屋《ちゃや》なども多い。ちょっと湯島のほうに行けば陰間《かげま》茶屋が林立して、夜ともなれば、白粉《おしろい》を塗った髭《ひげ》の濃い男たちが大勢、出没する。あまり風紀のいいところではない。

ここの町役人《ちょうやくにん》の寅蔵《とらぞう》を訪ねて、訳を話した。

「無礼講を開く？　ついては、酒癖と口の悪いやつを集めたい？　ああ、います。うじゃうじゃいます。ここらはそんなやつばかりですから、すぐにそろえておうかがいします」

意外にかんたんに引き受けた。

「そうか。では、頼んだ」

茂太右衛門が帰ろうとすると、寅蔵はふと不安を感じたらしく、

「でも、久保田さま。ほんとに無礼講なんでしょうね」

「もちろん」

「なにを言い出すかわからない連中ですよ。酒が入ると滅茶苦茶で、遠慮もなにもなくなります」

「それくらいでないと、鍛錬にはなるまい。殿も本気だし、こっちも藩の命運がかかっている。出席する者たちの無事は、なんとしても保証する」

隣の部屋には屈強の者を数名控えさせておき、殿が暴れ出しそうになったらすぐに止めに入らせるつもりである。

「あ、ただ一つだけある。これを言われてしまうと、ちと殿が可哀《かわい》そうすぎるのでな」

「なんですか？」

「じつは、うちの殿は猿そっくりなのじゃ」

と、茂太右衛門は内緒話のように小声で言った。

赤ら顔で、皺《しわ》だらけ。目がきょとんとして、怒ると歯を剝《む》くところも似ている。藩祖前田利家《としいえ》公と親しかった太閤秀吉《ひでよし》の似顔絵にそっくりである。秀吉も陰では「猿」と呼ばれていたらしい。

「へえ、猿そっくり……」

「見ればかならず、そう思う。すぐにそのことを言いたくもなろう。だが、それを殿に言うのは可哀そうなのじゃ」

「それはわかりますよ。だいいち、あんまりほんとのことを言うと、人間は泣いてしまいます。怒らせるのが狙いでしょ。では、それは言いません。そのことはしっかり言い聞かせておきましょう」

寅蔵は、なんだかすこし可哀そうな気持ちになってうなずいた。

「あとは言いたい放題でよろしい」

「いつがよろしいので？」

「殿は集まり次第とおっしゃっていたが」

「じゃあ、さっそく今晩にでも」

「そんなに早くそろうのか。わかった。では、帰って、酒やらなんやら仕度をせねばな」

茂太右衛門は急いで屋敷に帰って行った。

町役人の寅蔵は、茂太右衛門を見送ると、まず近所の長屋に易者の正眼堂《せいがんどう》を訪ねた。

正眼堂の口の悪さときたら、たいへんなもので、客のほとんどはぼろくそにけなされ、怒って帰ってしまう。

ところが、妙な説得力はあるので、数日もするとやはり自分の運命を知りたくなって、また来てしまう。こうしたなりゆきで、客足は絶えることがない。

「じつは、今晩、お隣の加賀さまのお屋敷で、殿さまが無礼講を催される」

「無礼講？」

「ほら、酒の席ゆえに、何を言っても許されるというやつだ」

「はあ」

「ついては、町内でとりわけ酒癖と口の悪い者を集めてくるようにというのだ」

「じゃあ、町役人さん。あんたが筆頭だろ」

「わたしはそんなに酒癖が悪いか？」

「悪いなんてもんじゃない。一昨日《おととい》の夜、酔っ払って、あたしが易をしているところに立ち寄ったのは覚えてるでしょ？」

「一昨日の夜？　行ったかな？」

「長屋のおたかさんとあんたの仲を占えって」

「むふっ」

「仲を占えって、どうにかなったんですかって訊《き》いたら、なってないから、どうやればいい仲になるのかを占えって」

「おやおや」

「なにが、おやおやですか。あたしがそれは絶対どうにもならないと言うと、怒るのなんのって、台はひっくり返すわ、筮竹《ぜいちく》はぶちまけるわ」

「それはすまなかった」

「だいたい、おたかさんは嫁に来たばかりで、亭主ともアツアツの仲じゃないですか。それでどうして寅蔵さんとの仲を占うんですか？」

「いや。わたしも酔っていたから。わかった。それ以上は言うな。わたしも無礼講にはうかがうことにする。それで、あんたは行くのかい？」

「いいですよ、付き合いましょう」

「ほかには誰がいいかな？」

「そっちの長兵衛《ちょうべ》ぇ長屋にいる浪人者の松井常五郎《まついつねごろう》はひどいですよ」

「ああ、あれはひどいらしいな」

「浪人者ですから、ちゃんとした武士に対してねたみ、そねみがあるのでしょう。それが、殿さま相手となったら、どんな毒舌になるか、想像するだに恐ろしい気がします」

「うむ。いい鍛錬になりそうだ。ほかに誰かいるかい？」

「ほら、ここを出たところにあるぼろぼろのしもた家に住んでいる芸者の菊奴《きくやっこ》」

「ああ。あれも毒舌らしいねえ」

「売れなくなって長いでしょう。なまじ、昔、ちょいと売れた時期があると、ひがみっぽくなりますしね。気持ちはすさんでいますよ。どんな悪口雑言《あっこうぞうごん》が飛び出すか」

「よし、菊奴もいいな」

町役人の寅蔵はこの二人を呼び出し、意向を訊《たず》ねてみた。

ざっと趣旨を説明すると、二人ともそう嫌がるふうはなさそうだが、

「本当に無礼講なんだろうな。殿さまなんてやつらは、どうせ、途中で怒り出し、手討ちにいたすだのなんだのって始まるんだ。好き勝手なことなど言えるわけがない。わしは、そこらはよぉくわかっている」

と、浪人者の松井常五郎が言った。

「松井さんが心配するのは当然です。だが、わたしもそこはしっかり念を押しておいた。それより、松井さんのほうこそ、刀を振り回すなんてことは？」

「あ、それは大丈夫だ」

「大丈夫じゃないですよ」

「なあに、振り回しても大事にはならぬ。なにせ、ほれ、竹光だから」

と、半分ほど抜いてみせた。これなら油虫をつぶすくらいがせいぜいである。

「ああ、竹光でしたか。菊奴さんは行くね？」

「ううん。考えちゃいますねえ」

「おや、二つ返事とはいかないのかい？」

「だって、町役人さん。あたしはこれでも芸者ですよ。酒席に出るんでしょ？　ただって訳には……」

「あ、ほんとだ。そりゃ駄目だ」

「いえ、駄目って訳でもないんですよ。ただね、花代が出ないんだったら、お膳の上でよさそうな小鉢だの小皿だのは、たもとに入れたりさせてもらわないと」

「そうだよな。いちおう花代のほうは交渉するが、ケチなことを言うようだったら、それくらいはしょうがねえわな」

「じゃ、あたしも」

四人で加賀さまのお屋敷を訪ねることになった。

三

四人の顔を眺めると、久保田茂太右衛門は、

「これはまた、見るからに世を拗《す》ね、酒に飲まれたような顔をした者ばかりだな」

と、呆《あき》れたように言った。

「でしょう。町内の選《よ》りすぐりです。あのあたりの酒屋では、ま、わたしも入れて、この四人には酒を売るなという回状がまわされているくらいでしてね」

町役人の寅蔵がいくらか自慢げに答えた。

「何もそれほどひどいのを集めなくてもよかったのだがな」

「え、もう集めちゃったものを、いまさら文句を言われても困りますよ」

四人は五、六十畳ほどもある広間に通された。

四人の席が真ん中にあるのはいいが、正面の殿さまの席とは四、五間《けん》ほど距離がある。これでは大きな声でなければ届かないだろう。

まもなく殿さまが出てきたのを見ると、

「おう。加賀にはでっかい猿がいるもんだね」

正眼堂がぽろりと口にした。

「しっ」

「それは駄目であろう」

「可哀そうすぎるよ」

寅蔵、松井常五郎、菊奴が慌ててたしなめた。

「あ、そうだ。忘れていた。あんまり似てるんで、つい、うっかり」

正眼堂は自分の頭を叩《たた》いた。

殿さまは、ちょっと猫背の姿勢でふかふかの座布団のところまで来て、どかりと座った。いまのところ、機嫌そのものは悪くなさそうである。

「今宵《こよい》はよく来てくれたな。遠慮はいらぬ。たらふく飲んで、言いたいことを言って帰ってくれ」

殿さまは四人を見て言った。

「無礼講って本当なんでしょうね」

正眼堂が恐る恐る訊いた。

「わしは嘘《うそ》など言わぬ」

「ほんとに言いたいことを言ってもよろしいので？」

菊奴が念を押した。

「かまわぬ。わしは怒らぬ。逆に、わしを怒らせることができたら、褒美をやろう」

「えっ、ご褒美までいただけるんですの！」

そうは言われても、最初は気勢も上がらない。なにを話題にしたらいいかもわからないから、黙って酒をあおるばかりである。

だが、二合入りのとっくりをそれぞれ二本ずつ空けるころになって、だんだん四人の目が据わってきた。

口火を切ったのは町役人の寅蔵だった。

「お屋敷と言っても、中に入るとどうってことはないですなあ。石垣がどーんと積んであって、その上には三重や五重の立派な建物がのってるっていうのを想像してたけど、これ、平屋ですよね」

「ここは江戸屋敷だからな。国許《くにもと》に行けば、わしもそういうところにいる」

と、殿さまは憮然《ぶぜん》として言った。

「ぷっ。国許って田舎でしょ。ずうっと遠くの、街道の行き止まりみたいなところでしょ。田舎に行けば、そんなものはいくらでもつくれますよ。おいらだって、田舎に行けば、金箔《きんぱく》を張った長屋住まいですぜ。江戸でつくってこそでしょうが」

寅蔵の言葉に正眼堂がうなずいて、

「そうだよ。しかも中のこしらえも貧乏臭《くせ》えよなあ。その襖《ふすま》だって、たいしたものには見えないね。それは、唐土《もろこし》の人ですか?」

「これは三国志の英雄関羽《かんう》が、劉備《りゅうび》の陣へ向かうため、荒野を旅しているところじゃ」

「そうですか。だが、それは誰が見たって物乞《ものご》いですよ」

「も、物乞いだと」

殿の顔が赤くふくらんだようになっている。

茂太右衛門がわきから扇子で殿の顔をあおぎはじめた。

次に菊奴が、お膳の上のものをじろりと見て、

「酒や料理も期待したほどではないし。わざわざ呼ぶんだから、おかしら付きのタイがどぉーんと出てきても、よろしいのでは? それが、フナの甘露煮のおかしら付き。加えてタケノコにフキ、こっちはキノコ。どれもそこの池と庭でとれるものですよね」

子どもに悪戯《いたずら》の真相でも確かめるみたいな口調で言った。

「あ、当ておった」

茂太右衛門はそっとうつむいた。

「これくらいの料理だと、お屋敷に来たというより、なんだか野山に草摘みに来たみたい。せめて帰りには小判の一枚ずつも持たせてもらいたいわよねえ」

「まったくだ」

菊奴の言葉にほかの三人もうなずいた。

「十万石ってえのが情けないよな。百万石だから、ははっ、加賀さまとなるけど、たかだか十万石じゃな」

寅蔵がそう言うと、

「十万石だと加賀もどきだ」

「がんもどきみたい」

「十万石くらいなら腕のいい大工でも稼ぎそうだ」

などと、三人がつづけた。

「じゅ、十万石を大工の稼ぎといっしょに……」

と、殿が立ち上がりかかると、茂太右衛門が膝を押さえつけてなだめた。

「わしが以前、出仕していたのは、長門《ながと》萩《はぎ》藩三十七万石であったが、まあ、ここはやはり格が違ったな」

松井常五郎がそう言うと、

「へえ、やっぱりねえ」

ほかの三人は大きくうなずいた。

「全体の風格からして違う。ただよっている空気でさえ、三十七万石はやはり三十七万石。十万石はしょせん十万石。わしはその萩藩三十七万石で目付役として藩士から恐れられていた。しかし、あまりに鋭い眼光をうとまれて、あらぬ密告のために浪人する羽目になったが、わしを惜しむ声は藩を去って五年経《た》ってもいまだ鳴りやまぬそうじゃ」

「たいしたもんだねえ」

「なんなら、こちらの藩に力を貸してやってもよいぞ」

と、松井は言った。

「松井さん、おやめになったほうが。三十七万石で鳴らしたお人が、たかだか十万石の小藩の世話になんかなることはないですよ」

と、正眼堂が天眼鏡を殿さまのほうに向けながら言った。

「また、小藩の武士はつまらぬことまでねちねち言われるんです。おかずのタクアンは四切れまでにしろとか、尻を拭くときの紙は三枚以内にしろとか」

「みみっちいのう」

「それに、十万石くらいの藩は、とかく三井《みつい》だの鴻池《こうのいけ》だのに借金もしこたまあるらしいですからね。まったく、武士が町人に借金していて、どうするんだと思いますがね」

　これを聞いて、殿さまは茂太右衛門に訊いた。

「本当か？　当家もあるのか？」

「あります」

「くぅう」

　殿さまの喉《のど》からへんな声が出た。

「いちいち弁解しなくちゃならないのもみみっちいよな。あの、百万石の？　なんて言われて、いえ、十万石の……なんて。大坂に行って、江戸っ子かい？　って言われて、いや、品川っ子で、なんて言わなきゃならねえようなもんだろ。嫌だよ、それは」

　寅蔵はそう言って、顔をしかめた。

「馬鹿だね。言わないんだよ。弁解なんかしないの。だから、料亭なんかでも、百万石のほうだと思って、ちっと高い勘定をふっかけると、すまんがまけてはもらえぬか、なんて頼むのよ。ほんと、みじめよねえ」

と、菊奴は茂太右衛門に流し目を送りながら言った。

「ぶっ、ぶっ……」

殿さまが呻《うめ》き出した。

すると、寅蔵は殿さまを指差し、

「あ、いま、無礼者って言おうとしたんじゃないですか？　それ、言っていいんですか？　無礼講って言われて来て、無礼者呼ばわりされるのだったら、あっしらは帰りますぜ」

と、立ち上がるそぶりを見せた。

「そうではない。ぶっ、ぶっ、武士は我慢だ」

「そうそう。武士は我慢だよ。その点、町人はいいよなあ。我慢なんかしねえもの。怒りたくなったら怒るし。殿さまくらいの短気はいくらでもいるよ」

「だから、このお方は町人程度で、藩主の資格はないということだろうが」

と、松井常五郎は卑屈な目をして言った。

「ううっ」

「だいたいが、藩主などというのは、藩士の気持ちなどまるでわかっていないのだ。

しょせん忠義という気持ちは禄米《ろくまい》と引き換えでな。試しに禄米を二、三年止めてみるがいい。他藩が雇うと聞いたら、皆、走って出ていくから」

「きさま。それでも武士かっ」

殿さまは横を向いて、押し殺した声で言った。まっすぐ見て言えば、怒ったことになってしまう。

「どうせ拙者は浪人者でござるよ。悔しかったら、拙者を雇ってみろ」

「誰が雇うか」

「なあんだ。十万石の藩主は武士一人、雇う力もないのかあ」

「うっ、ううう」

殿さまが後ろに卒倒しそうになって、茂太右衛門は慌てて背中を支えた。

四

「だいたい、殿さま殿さまっていうけど、なにが偉いの？　顔だって、そんな……」

と、菊奴が殿さまをじろりと見た。

「おい、あれは言うなよ」

寅蔵は菊奴の袖を引っぱる。

「わかってますよ、町役人さん。ねえ、お殿さま。そんな、抜け作づらをしてらして、なんか特別におやりになれることはありますの？」

「特別なこととはなんじゃ？」

「そりゃあ、鼻からうどんを食ったり、耳でみそ汁飲んだり」

「馬鹿な。そんなことができるものか」

「人にできないことができるから殿さまでしょう？　なにもできないで殿さまになれるんですかねえ」

菊奴は厭味《いやみ》たっぷりの口調で言った。

「だいたい殿さまってのは、威張ってるだけでなにも知らねえらしいぜ。馬と牛の区別も、犬と猫の区別もつかねえんだと」

わきから正眼堂が言った。

「あら、馬と牛や、犬と猫の区別がつかないんじゃ、牛と猫の区別もつかないんじゃありません？」

「それはつくんだと。牛には鼻輪があるけど、猫にはないからな。もし、牛に鼻輪がなかったら、牛と猫の区別もつかねえかもしれねえ」

「まあ、それってすごくお馬鹿さんみたい。おっほっほ」

「だって、馬鹿と殿さまは使いようって言うぜ」

「そうそう。殿さまとご飯のおかわりは馬鹿でもできる」

聞いていた殿さまは、

「ううう。苦しくなってきた」

と、胸を押さえた。殿さまはもう我慢の限界にきているらしく、畳にこすりつづけた扇子は、ばらばらになっていた。

「殿、ご気分がよくないので？」

「いいわけあるまい。わしは、これほどまでして耐えなければならぬのか」

「それは殿が言い出したことですから」

「そうじゃな。それにしてもこいつらの口の悪さときたら……そうだ、茂太右衛門。これで耳に栓をしてくれ。聞かなければ怒らずにすむ」

殿さまは、膳の上にあったこぶりの餅を二つ取って、両方の耳に押しあてた。

「では、これで縛っておきましょう」

茂太右衛門が手ぬぐいを後ろで結んだ。

殿さまは四人のほうをじっと見て、

「おっ。なにも聞こえぬ。わっはっは。面白いな。阿呆《あほう》どもが、必死でなにか話しておる。そうか、聞くに堪えないことは聞かなければよいのだ。聞かなければ腹も立たぬぞ」

と、にこにこし始めた。

「あれ、殿さま、笑ってるよ。怒ってくれないと褒美はもらえないし。じゃあ、あの襖でも破いてしまおうか」

「そうだよ。無礼講だ。襖くらい」

寅蔵と正眼堂は立ち上がって、関羽を描いたという襖をびりびり破り始めた。

「あっ、なんてことをする。ううっ、怒りたい。だが、我慢をせねば。茂太右衛門、今度は目隠しをしてくれ」

殿さまに言われて、茂太右衛門はもう一本の手ぬぐいで目隠しをした。

「よし。もう、わしは世の中のことはなにも聞かぬ。なにも見ぬ。ほおら、腹も立たぬ」

殿さまはもうなにもわからない。ただ微笑《ほほえ》みながら、酒を飲んでいる。

「あ、目隠しまでしちまった。なんだよ、これじゃあ、怒らせるのは難しいぞ。よし、こうなったら、そばに行って、突っついてやろうぜ。ほれ、つんつん」

寅蔵が箸《はし》で殿さまのわき腹を突っつき始めた。

「な、なにをする……我慢だ、我慢。茂太右衛門。やつらが近寄ってきたら、わしの口を押さえてくれ。あ、そんなふうにきつく押さえたら苦しい。すこしだけでよい。これで、余計なことも言わなくなり、腹の立てようもなくなる。見ざる、聞かざる、言わざるとは、短気を治すおまじないでもあったらしいな。わっはっは」

殿さまは、これもどうにかしのいだ。

「なんだよ。殿さま、我慢のために、見ざる、聞かざる、言わざるをきめこんじまったぜ。これじゃあ、しょうがねえよ」

寅蔵はがっかりである。

「ほんとだ。つまらないなあ。もっとひどいことを言ってやりたかったのに」

正眼堂は悔しそうにしている。

「では、そろそろ帰るとするか。酒もたらふく飲んだことだし」

松井常五郎は飽きてきたらしい。

「ええ。かわりの花代もいただいたし」

菊奴はいつの間にかたもとに小皿を十枚ほど入れている。

「じゃあ、最後に屁でもひっかけてやるか」

ひどいやつがおったもので、寅蔵は前田の殿さまの真ん前に来て、尻をまくると、おならをぶぅっと吹きかけた。

「うわっ、臭い。たまらぬ。だが、これもわしは嗅《か》がざる、わしは嗅がざる」

殿さまが鼻をつまんでそう言うと、寅蔵は目を丸くし、

「え、殿さまは加賀ざる？　加賀の猿？　なんだ、自分で言ったぞ」

第四席　百一文

一

江戸に百一文、またはからす金《がね》と呼ばれる商売があった。

小口の金貸しである。朝に百文貸して、暮れに百一文にして返してもらう。夕暮れに帰るからすのような金である。

そんなふうに聞くと、かんたんに返せるような気がするが、年利にしたらおよそ三十六割という高利貸しなのである。

あまり品のいい商売ではない。やっているのはたいがいヤクザ者か、半分そっちに足を踏み入れたような者だった。

だが、元手のない者が江戸で暮らしの基盤をつくるうえでは助かる。

この百一文で棒手振《ぼてふ》りから店を持つまでに至る者もいれば、さらなる借金地獄へ落ちていく者もいた。

夏のある朝——。

神田の多町《たちょう》で百一文をいとなむ銀蔵《ぎんぞう》のところに、一人の年寄りが顔を出した。

「こちらで百一文をしていると聞いたのですが、あたしにもお貸しいただきたいと思いまして」

「おめえさん、初めてだね？」

銀蔵は年寄りを頭から足の先まで見た。

髪は白く、眉間《みけん》の皺《しわ》は深い。すり切れた帯や着物だが、着こなしはちゃんとしている。物腰はていねいだが、卑屈な感じはしない。

「ええ。こちらが初めてだけでなく、こういうところを利用するのも初めてです」

「どんなものか、わかってるのかい？」

「もちろんです。百文を百一文にするのも、楽なことだとは思ってません」

きっぱりと言った。

「住まいは？」

「そこの清兵衛《せいべえ》長屋《ながや》というところに住んでいます」

「ああ、清兵衛さんのとこかい」

二つほど向こうの路地を入ったところにある長屋である。大家も顔見知りだし、ここで金を借りた住人も何人かいる。

そういえば、近ごろ、年寄りが一人暮らしを始めたと、誰かに聞いたかもしれない。

「名前は？」

「新右衛門《しんえもん》と申します」

証文をつくる準備を始めている。住まいや名前は最初のときに書き、あとは貸すごとに額だけを入れていく。

「家族はいねえのかい？」

「います。連れ合いは亡くしましたが、倅《せがれ》も孫もいます」

「だったら、倅に頼ったほうがよくねえか？」

銀蔵はふだん、そんなことは言わない。よほどのことがなければ、貸して利子をふんだくる。

この年寄りは何か気になった。

「迷惑をかけたくないんです」

「ははあ。倅の嫁と気が合わないんだろ？　多いぜ、そういうのは」

「そんなんじゃありません。じつは、商いに失敗しましてね。もうこれ以上は迷惑をかけずにやり直したいんです」

「やり直すって、おめえさん、いったい幾つなんだい？」

「六十になりました」

「六十でやり直す……そりゃあ無理じゃねえのかい？」

銀蔵は思わず笑った。

「無理か、無理じゃねえか、やってみなくちゃわからねえ」

と、新右衛門は小声で言った。

「なんだって？」

「いえ、大変なのはわかってますが、あたしにはもう、それしか道が残っていないんですよ」

「年寄りには貸したくねえんだよな。若いやつだったら、将来があるから、なんとか必死になって返そうとする。年寄りはどうせ先は知れてるしと、すぐに諦めちまう。そこらで死なれて、おれたちもそれでパアだ」

銀蔵が言ったのは嘘《うそ》ではない。銀蔵の客でも、いままで三人ほど、借金で首が回らなくなり、自分で命を絶った。

もっとも払えずじまいとなっても、所詮、元手は百文である。

しかも、それまでに元本分は返し終わったりしている。

厭味《いやみ》など言う必要もないのだが、借りられるのが当たり前と思われるのは癪《しゃく》である。

「あたしは人生を諦める気はありません。先はそう長くはないでしょうが」

「以前の商売も、無一文から始めたのかい？」

「いえ、あたしはおやじがある程度、大きくした店を受け継いだもので、無一文からの商売ってえのはやったことがないんです。だが、無一文になっちまったんだから、これはそこからやるしかありません。うちじゃ、倅も孫も、そこから始めるんです。あたしだっていっしょですよ」

「なるほどな」

いちおう本気らしい。

だが、本気だからといって、うまくいくとは限らない。

新右衛門は浅いカゴを二つ持参している。商品をかついで売って回る棒手振りをやるつもりなのだ。

「何を売って歩く気だい？」

「それはいまからやっちゃ場に行きまして、売れそうなものを見つくろうつもりです」

やっちゃ場とは、青物を扱う市場のことである。競《せ》りの掛け声で「やっちゃ、やっちゃ」というところから、こう呼ばれるようになったらしい。

この神田のやっちゃ場とともに、駒込と千住のそれも有名だった。

「生ものをやるのかい」

銀蔵は苦笑した。

日本橋に魚市場がある。神田にやっちゃ場がある。このどちらかで品物を仕込み、町で売って歩く。ド素人《しろうと》でも思いつく、安易な商売である。

誰でもやれるが、お得意さん、縄張りなどの問題もあり、誰でもうまくいく商売ではない。売れ残ったものを腐らせるだけで終わるのが関の山だろう。

「それも初めてだろ？」

「はい」

「棒手振りも舐《な》められたもんだ」

言わなくてもいい厭味である。

「……」

新右衛門は答えない。

証文に名前を書かせ、拇印《ぼいん》を押させた。

「ま、頑張ってみるこった」

と、銀蔵は百文を渡し、

「言っとくが、おれの取り立ては厳しいぜ」

「ええ」

「あんまり厳しくて、陰じゃマムシの銀蔵と呼ばれているくらいだ。覚悟しておいてもらおうか」

最後に凄《すご》んでみせた。

二

新右衛門が出て行くとすぐに、

「おう、兄貴」

と、柄のよくない二十歳《はたち》くらいの男が入って来た。

「なんだ、長助《ちょうすけ》か。早いな、今日は」

銀蔵は煙草《たばこ》に火をつけながら、長助を見た。

借金の取り立てをさせている若者である。

町のろくでなしの一人だが、銀蔵が見るに根っからの悪党ではない。職人の道は踏み外したが、まともな道にもどろうという気持ちは失っていない。

「いま、爺《じじ》いが出て行っただろ?」

「ああ」

「まさか、百文、借りに来たんじゃねえよな?」

「いや、百文、借りていったぜ。あんな爺いが人生をやり直したいんだってよ。笑っちゃうだろ」

「へえ、驚いたねえ。おれは家《うち》が近所だから知ってるんだけど、あいつは、札差《ふださし》の仙《せん》台屋《だいや》のあるじだぜ」

「仙台屋の……」

銀蔵は目を剝《む》いた。

「仙台屋を知ってるのかい、兄貴?」

「知ってるなんてもんじゃねえ。仙台屋には因縁がある」

「どんな?」

長助は、恐る恐るといった調子で訊《き》いた。

「おれのおやじは侍だった。仙台屋に金を借り、返せなくなり、ついには御家人株を売って、落ちぶれてしまったのさ」

「そうだったのかい」

「二十五年前のことさ。とすると、あいつはまだ三十五歳だった。いまのおれと同じ歳《とし》だよ。これも何かの因縁かもしれねえな」

「因縁てえのはあるからね」

「もっとも、金を借りて返せなくなったのはおやじのせいで、仙台屋が悪いわけじゃねえ。むしろ、損をさせたくれえだろう。それに、仙台屋から金を借りて身を持ち崩したのも、おれのおやじだけじゃねえだろう」

「それでも、やっぱり因縁だよ」

「だが、札差の仙台屋といったら、大名貸しをするくらいの大物だったんじゃねえのか」

と、銀蔵は訊いた。

じつは、名前だけは子どものころ耳に入っていたが、蔵前《くらまえ》にあるという店は見たことがなかった。

そのあと、大きな札差だということは、自然に聞こえてきた。

札差というのは、本来、幕府の旗本や御家人がもらう俸禄米《ほうろくまい》を換金し、委託販売をする商売である。販売といっても、直接、江戸の人たちに売るわけではなく、米問屋である搗《つ》き米屋に卸《おろ》した。

これだけでもかなり儲《もう》かるのだが、札差はみな、俸禄米を担保にして、金を貸した。その年利が二割から四割ほどだった。大大名から米を担保に四割の年利をもらえば、下手な大名よりも大きな利益になる。

ただ、札差も楽して儲かる商売ではない。じっさい、投資に失敗して、つぶれた札差も少なくなかったのである。

「ああ、そうだよ。どこぞのお大名が仙台屋のほうに来て頭を下げただの、仙台屋の金を借りて藩政を立て直しただのって話はいっぱいあるくらいだ。旗本、御家人なんぞはひと飲みよ。なんせ、綽名《あだな》がオロチの仙台屋と言われていたんだから」

と、長助は言った。

「おいおい、オロチに向かって、おれはマムシだなんて粋《いき》がっちまったぜ」

銀蔵は苦笑するしかない。

「なあに、いまはオロチもミミズだよ」

「大名に何万両も貸していた男が、半年後にはおれんところに百文を借りに来るのかい。世の中ってのは、面白いところだぜ」

「ほんとだ」

「だが、それほどの仙台屋がなんでつぶれたんだろうな？」

「それが、情け容赦もねえと評判のあの旦那が、つい、新興の商人《あきんど》に情けをかけたらしいのさ。なんでも松前船のからむ大きな商売だったそうだ。ところが嵐にあって、船が三艘《そう》だか四艘、いっぺんに沈んでしまったんだと」

「ほう」

「どんな大店《おおだな》でも、荷物を山ほど積んだ船を三艘、四艘なくしたら、これはたまらないよ」

　長助はわかったようなことを言った。

「そりゃあそうだ」

「仙台屋もそれでぶくぶくぶくっと沈没」

「なるほどな」

「だから、つまらねえ情けなんざかけちゃいけねえってわけさ。おいらの仕事もいっしょだ」

　そう言って、長助は借金の取り立てに出て行った。

三

銀蔵は仙台屋のことが気になって仕方がない。

――あいつのせいではないにせよ、おやじが駄目になるのに関わったのは確かだろう。逆恨みをする気はないが、そんな男の末路をあざ笑いたいのかもしれない。おやじと同じように落ちぶれていくのを見届けたいのかもしれない……。

こらえ切れずに、やっちゃ場をのぞきに行った。

初物が高値で競り落とされるいちばんにぎわうところは過ぎている。いまおこなわれているのは、一山いくらの安いものばかりである。

新右衛門は、ウリの競りのところに突っ立って、ぼんやり眺めていた。

「おお、まだ、いたよ。なに、ぐずぐずしてやがるんだか」

銀蔵は呆《あき》れた口調でつぶやいた。

「だいたいが、ド素人がいきなり来て、いいものを仕入れようなんてえのが甘いんだよ。魚河岸《うおがし》に独特の符牒《ふちょう》や流儀があるように、やっちゃ場にはやっちゃ場の符牒や流儀てえのがある。一から十までを、『おくすてうしやみせ』なんて言ったりする。いきなり来たって、なに言ってんのかもわからねえだろうよ……」

　ド素人というのは明らかだが、歳がいっているので、売り手もそう冷たくあしらったりはしないらしい。あれが若かったら、市場の人間は意地悪いところがあるから、洟《はな》もひっかけなかったりするのだ。

　苦笑しながらも、ちゃんと品物は売ってくれた。

　新右衛門は、迷ったあげく、スイカとウリを仕入れたらしい。

　スイカを四つ、ウリを十個ほど、二つのカゴに入れた。

　かなり重いはずである。案の定、やっとかつぎ上げ、ふらつきながらやっちゃ場の外に出てきた。

　歩き方がしっかりしていないから、カゴがやたらと揺れる。それでますます歩きにくくなっている。

「馬鹿なやつだぜ。スイカもウリもたっぷり水を含んで重いんだ。あんな重いもの、年寄りが売って歩くもんじゃねえぜ。ちり紙でも売って歩くのがちょうどなのによ」

　銀蔵は苦笑した。

　そのままあとをつける。

「どこに売りに行くつもりだろう」

新右衛門は北に向かったかと思うと、すぐ左に折れた。

高台が見えている。駿河台《するがだい》である。

「おいおい、そっちは武家地だぜ。しかも、大きな大名屋敷ばかりで、そもそも人の数が少ないんだ」

閑静な通りをゆっくり歩いて行く。

坂道である。しかも、かなりきつい。

新右衛門が息を切らしているのは、半町ほど後ろを行く銀蔵からもうかがえる。

「また、大名屋敷なんてところは、庭が広くて余ってるから、下働きの爺さんや婆《ばあ》さんが野菜を手作りしたりしてるんだ。棒手振りからなんざ、そうそう買うもんじゃねえや。スイカはともかく、ウリはまず買わねえな。あんなところ回っても効率が悪くてしょうがねえ。道端の日陰に座って、ものを並べていたほうがまだ売れるってもんだ。気づいた女中が来てくれたりするからな。まったくそんなこともわからねえド素人だ……」

売り声もない。

通りかかる人に声をかけた。お女中が用足しに出たのだろう。

どうも、「スイカはいかがですか?」くらいのことを言ったらしい。

お女中は苦笑して通り過ぎた。

大名屋敷は樹木が多く、通りは日陰になっている。しかも高台で風がある。下の町人地と比べると、はるかに涼しい。

閑静な一角を抜けると、今度はもっとこぶりの武家屋敷が並ぶあたりに来た。ここらに住むのはほとんどが旗本たちで、五百坪から千坪ほどの屋敷をいただいている。

歩いていると、下働きの爺さんみたいな男が声をかけた。

男はカゴの中に手を入れ、スイカを軽く叩《たた》いた。

――おっ、売れるか。

銀蔵は足を止めて、なりゆきを見守った。

だが、買わない。下働きの爺さんは、何か言って、わきの屋敷の中に入ってしまった。

新右衛門にめげたようすはない。気を取り直し、歩き出した。

神田川沿いの高台で景色がひらけた。

今度は下り道である。この先もずっと武家地がつづく。

銀蔵は足を止め、坂の上から新右衛門の後ろ姿を眺めた。

これ以上、あとを追うつもりはない。

あれでは、夕方になってもほとんど売れずじまいになるだろう。スイカとウリを入れたカゴをかついだまま、今日は返せないともどって来る新右衛門を想像すると、うんざりした気分になった。

——だが、まあ、あの気力だけはたいしたもんだぜ。

と、銀蔵は思った。

銀蔵の父親には、あんな気力はなかった。借金がかさんで返せないのがわかってくると、荒れて家の者に当たり散らした。

——おれなんざ、どれだけ殴られたか。

結局、御家人の株を親戚に売って、どうにか借金は清算したが、そのあとの飯を食う手立てがない。ちゃんと仕事を覚えようという気もなく、妻の仕立て仕事で食わせてもらうしかなくなった。

——あのときのおやじは、まだ四十ちょっとだった。それがたちまち抜けがらみたいになって死んじまいやがった。

新右衛門は六十だというのに、あれだけの気力を持っている。自分の力で立ち直ろうとしている。それはやはり、たいしたものだった。

四

夕方になって――。

「兄貴、どうだい。仙台屋の爺いは百一文を持ってきたかい?」

借金取りから帰ってきた長助が、すぐにそう訊いた。長助もなんとなく気になっていたらしい。

「まだだな」

「無理だよな」

「無理に決まってるだろうよ」

銀蔵は吐き出すような調子で言った。

新右衛門の顔を見たくなかった。どうせみじめな顔でもどって来るのだ。そのまま長屋に帰ってもらいたい。

「昼飯を食いに蔵前の家に行ったんだけどさ、おふくろが言うには、仙台屋の新右衛門はずいぶん落ち込んだらしいぜ」

「そりゃそうだろうな」

「酒を飲んで暴れる声も聞いたらしいや」

「ふうん」

「以前、仙台屋に助けられた大名も、二、三、支援を申し出てきたりしたらしい」

「ほう。大名も捨てたもんじゃねえな」

「でも、新右衛門は、支援なら倅のほうにしてやってもらいたいと、すべて断わったらしい。それで、新右衛門は死ぬつもりなんだろうと、近所ではそんなふうに言っている者も多いんだとか」

「そうかもしれねえな」

と、銀蔵は言った。最後に力を振り絞ってはみたが、しょせん六十になってからでは、たいしたことはできるわけがない。力のなさを思い知るだけだろう。

前の道で人の声がした。

「え、ずいぶん疲れた声の物売りが来てるぜ。ウリはいかがですかって。なんだ、あのしゃがれた声は？」

長吉は外に出て、通りを見た。

「あ、あの爺いじゃねえか」

「なんだって」

銀蔵も立ち上がって、窓から新右衛門を見た。

「お、ずいぶん売れてるじゃねえか」

銀蔵が嬉《うれ》しそうに言った。

カゴが二つ重ねられ、一方にまとめてある。それが空《から》であるのは、揺れ方でもわかる。

新右衛門は手にウリを一つ持ち、通りかかるおかみさんに声をかけていた。

「ああ、兄貴、残りはあと一個だけみたいだぜ」

「へえ」

「でも、足を引きずってるぜ」

「なんとか売り切ってここに来ようってわけか」

「爺いの初日にしちゃあ、よくやったもんだぜ」

長吉は感心した。

「ああ。たいしたもんだ」

銀蔵はしばらく新右衛門の物売りの姿を見ていたが、

「長吉。おめえ、ウリは嫌いか」

「いや、大好きだよ。冷やしたウリを食うと、夏はいいなと思うくらいだ」

「じゃあ、これで爺いの最後のウリを買って帰んな」

と、小銭を渡した。

五

カラスが鳴きながら、西の空に帰っていく。茜色《あかねいろ》の中の黒い影は、なにかの模様のように美しい。

入口に新右衛門が立った。足は引きずっているが、疲れ切ったというようすではない。

「まだ、間に合いましたか」

「ああ、大丈夫だぜ」

と、銀蔵はうなずいた。

「いま、そこで残りのウリを一個、売って、ぜんぶはけました」

新右衛門はそう言って、嬉しそうに笑った。

「たいしたもんだぜ。おれも素直に感心したよ。とてもさばけっこねえと思ってたが、驚いたね。そうか、ウリを仕入れて売ったのかい？」

銀蔵はしらばくれて訊いた。

「ウリとスイカを仕入れたんですよ。暑くなりそうだったのでね」

「重かっただろう？」

「重いのなんのって。あれは、若いやつが扱うものですね。あたしらには、ナスや隠《いん》元豆《げんまめ》あたりがちょうどです。しかも、最初はまったく売れませんでした。まずは、大名屋敷が並ぶほうを回ったのもいけなかったですね。なんせ、人の通りは少ないし、それにああいうところはたぶん、野菜なんざ自分の庭でもつくったりしてるんでしょう。スイカはわからないが、ウリなどはつくれるはずですし」

「ほう。そこに気がついたかい」

「それから、町人地のほうに行きました。こういうものは暑いところで働いている人が食いたくなるんじゃないかと思いましてね。それで、家を普請してるところはないかと探し、その普請場の近くの、大工や左官の人たちがよく見えるあたりに座りました」

「なるほど」

「近所で冷たい井戸水をもらい、これをかけて冷やし、いかにもうまそうに見えるよう工夫もしました」

「一休みというときになったら、棟梁《とうりょう》がやって来て、スイカを一つとウリをいくつか買ってくれましたよ」

「やるじゃねえか」

「ああ」

「これでコツを一つ覚えましてね。それから、普請場を探して歩きました。あっという間にとはいかないが、普請場を四つ五つ回って、スイカは四つとも売り切りました。ウリも残りは四つ五つというくらいになりましたか。だが、ああいうところは仕事の終わりが近づいてくると、もう駄目ですね。最後にもう一息頑張ろうってんで、休みどころじゃない。それで最後のひと踏ん張りが終われば、ウリなんざ食わない。酒でも飲みに行きたいんですから。それに気づいたんで、あたしは急いで場所を変えました」

「どこに行ったんだい？」

と、銀蔵は訊いた。新右衛門の一日に興味を持ってしまった。

「婆さんの多いあたりです」

「なんだ、そりゃ？」

「あたしはこう見えても、若いときは女にもてましてね。いまも、若い娘にはともかく、婆さんくらいには男の魅力が通じるんじゃないかと、それで大きな呉服屋の裏あたりに行きました」

「なんで？」

「大きな呉服屋では、仕立て仕事で腕のいい近所の婆さんが仕事に来たりしてるんです。その婆さんたちが仕事を終えて出てくるのを、店の裏で待ちました。それで、ウリはどうだいなんてことは言いません。疲れただろって」

「ああ、なるほど」

「天気の話なんぞしました。向こうから、おや、ウリを売ってたのかい？　って言い出すのを待ってました。これを食うと、疲れていても、明日はまた瑞々《みずみず》しくなるよって」

「うまいねえ」

「そこで四つ、売りました。一つ残ったのですが、それはこの近所で売れました」

「そりゃあ、よかった」

新右衛門は、巾着《きんちゃく》から銭を取り出して並べた。

「スイカを一個十五文で四つ仕入れて、四十文で売りました。それが百六十文。ウリは一個四文で十個仕入れ、一つ十文で売りました。それが百文。合わせて二百六十文。

ここから借りた元金と利子一文をお返しします」

と、百一文をこっちに押し出した。

「確かに返してもらったぜ」

銀蔵は帳簿を出し、新右衛門のところに返済と書き、印を押した。

新右衛門はそれを見て、

「わたしの手元に百五十九文。これはわたしのものです」

そう言って、残った銭を巾着にもどし、懐に入れた。

それから新右衛門は感慨深い顔をして、

「人は、この歳になっても学べるんですね。今日一日、わたしはずいぶん学びました」

と、言った。

「そりゃあ、あんたが偉いからだよ」

銀蔵はそう言った。

世辞ではなかった。不撓不屈《ふとうふくつ》。その魂は、銀蔵の胸を打った。

「人は歳を取ったって、学べるし、変わることもできるんだ。そう思ったら、ちょっと嬉しくなりましたよ」

「なるほどね」

「じゃあ、今宵《こよい》はゆっくり寝ることにします」

「明日の朝は来なくてすみそうだな、新右衛門さんよ」

と、銀蔵は言った。明日はちゃんと自分の元手で商売を始めることができるのである。なんだか寂しいような気がした。

「明日はね。でも、明後日は来るかもしれません」

「ああ。遠慮なく、来てくれよ」

銀蔵はそう言って、新右衛門を送り出した。

新右衛門が出て行くと、長助が顔を出した。

「なんでえ、おめえ、まだいたのか？」

「ええ。そこで話を聞いてました。ちっと、じぃーんとなっちまいましたよ」

長助は子どものような顔でそう言った。

「長助。おれは、金貸しをやめるぜ」

と、銀蔵は言った。

「え」

「おれは前に、資金がなくて諦めた商売があるんだ」

「なんだったんですか？」

「湯屋だよ」

「へえ。意外な感じですね」

「子どものころから湯が大好きだったんで、湯舟の広い気持ちのいい湯屋をやりてえと思ったのさ。いまなら、金もたまった。湯屋の株も買えるだろう。たいへんだが、百一文を貸しているよりは、儲けも大きいはずだ」

「でも、兄貴、失敗だってあるぜ」

「そんときゃあ、また百一文をやればいい。あるいは百一文を借りて棒手振りやったってかまわねえ。あの爺いを見てたら、もう一度やってやるって気になってきたぜ」

銀蔵は自分の身体《からだ》に力がみなぎってきているのを感じた。

「へえ、兄貴もかい」

「というと、おめえもか？」

「ああ。じつはおれも、爺いの言うのを聞いていて、まっとうな道にもどろうって思ったんだよ」

「そりゃあ、いい。あの爺い、おれたちを改心させてくれたみてえだ」

銀蔵がそう言ったとき、

「忘れものをしてました」

と、新右衛門がもどって来た。

「なんでえ、忘れものって？」

「じつはカゴをかついだ棒ってのは、朝、そこの軒下に置いてあったのを借りたやつだったんですよ」

「ああ。誰かの忘れものだったやつをうっちゃって置いたんだ。そんなものは、かまわねえぜ」

「いえ、お返ししておきます。それと棒の利子も」

「棒に利子なんざいるもんか」

「そうはいきません。棒に対して百一文を考えましてね。これを置いていきますよ」

新右衛門は新しい割り箸《ばし》を一本、銀蔵に手渡した。

第五席　無尽灯

一

幕末から明治の初期にかけて活躍した発明家に、田中儀右衛門《たなかぎえもん》という人がいた。人呼んでからくり儀右衛門。東芝の創始者の一人になった人物でもある。

この人のつくったものの一つに、無尽灯《むじんとう》と名づけられた明かりがあった。灯心《とうしん》が燃えるところはガラスで囲まれている。したがって、風で炎が大きく揺らいだりすることはない。

明かりの原料は菜種油で、これが圧縮空気によって自動的に灯心へ送り出される。そのため、ろうそくなどのように、途中で明かりが消えたりすることもない。一晩中、点《つ》いている。

そして、なにより、ろうそくやひょうそくなど、それまでのものに比べて、明るさが段違いだった。

日本橋通三丁目にある海産物問屋能登屋《のとや》の若旦那である金次郎《きんじろう》は、今年、十八になった。若いだけあって、たいそうな新しもの好きである。無尽灯もおやじに金をせびっていちはやく購入し、近所の仲間たちを集めて、一晩中、本を読んで楽しもうということになった。

寒い冬の一夜、暖かくて明るい部屋に気のおけない友だちが集まって、めいめい本を読むなどというのは贅沢《ぜいたく》な楽しみではないか。

この金次郎、大店《おおだな》の若旦那のわりに偉ぶったりすることがなく、誰にでも親しく接するため、友だちも多岐にわたっている。

今宵《こよい》、集まったのは――。

近くの湯屋で釜炊《かまた》きをしている音吉《おときち》。

裏通りで小さなまんじゅう屋を開いたばかりの長作《ちょうさく》。

能登屋の家作《かさく》である裏の長屋に住む売れない役者の新五郎《しんごろう》。

隣にある瀬戸物問屋京屋《きょうや》の手代の見習いの甚兵衛《じんべえ》。

この四人である。

金次郎を入れて五人が、無尽灯の周りに寝そべって、本を読み始めた。真ん中には、煎餅《せんべい》と、みかんと、長作が持ってきたまんじゅうが置いてあり、腹が減ったら勝手に食べていいことになっている。

「これが無尽灯かあ。すごいなあ。明るいなあ」

音吉は目を丸くした。

「あれ？ そういえば、来たいと言ったから呼んだけれど、音吉って無筆《むひつ》じゃなかったっけ？ 本、読めねえだろ」

若旦那の金次郎がそう言うと、音吉は少し気を悪くしたらしく、

「無筆がいちゃいけねえのかよ。ほら、本だって持ってるよ。字はあまりねえけど」

と、絵手本集の『北斎漫画《ほくさいまんが》』を見せた。

浮世絵師の葛飾《かつしか》北斎が、弟子や絵を描きたいという人のために描いたのだが、人間や生きものたちのいきいきとした生態が面白く、凄《すご》い売行きになっている。

「まあ、別に本だったら字がなくてもかまわねえさ」

金次郎は鷹揚《おうよう》にうなずいた。

「おれだって賢くなりてえよ。いろんなことを知りたいって気持ちもあるよ。ただ、手習いが嫌いで、どうしても字を覚えられなかったんだよ」

音吉は悔しそうに言った。

「うん。その賢くなりたいっていう心意気は大事だぞ。なあに、あたしらと付き合っているうちに、字なんざ自然に読めるようになるさ」

「よう、金次郎、いま読んでいる本の中身を聞かしてくれよ」

「あたしか？　あたしは先祖の本を読んでるんだ」

表紙をちらりと見せた。

絵手本よりは字が多いが、それでも絵のほうが断然、大きい。

「先祖って誰だい？」

「金太郎だよ」

「ぷっ。そりゃあ、お前、名前が似てるだけで、先祖じゃねえだろ」

「いいだろうが、当人が先祖のような気がしてるんだから。だいたい、お前は金太郎のことを知ってるのか？」

「知ってるよ。金太郎といえば、鬼ヶ島に鬼退治に行くんだよな」

「音吉。そりゃあ、桃太郎だよ」

と、金次郎は笑った。

「桃から生まれた？」

「それも桃太郎」

「金太郎は金から生まれたのか？」

「金からは生まれないよ」

「あ、そうか。熊と相撲を取るんだよな」

「それは誰でも知ってるな」

「それで、犬と猿も家来にするんだ」

「だから、それは桃太郎」

「馬車に乗って月に帰る？」

「それはかぐや姫」

「金太郎ってどうなるんだっけ？」

「ほらな、知らねえだろ。金太郎って、当人はすごく有名だけど、話のほうは皆、よく知らねえんだ。金太郎の話って、意外に奥が深いんだよ。金太郎のおふくろの話一つ取っても、謎だらけだ」

若旦那の金次郎は、本の最初のほうを開いて言った。

「へえ、そうなのかい」

「金太郎のおふくろは、村の長者の娘だった。それが、坂田のなんとかという武士に見初《みそ》められ、嫁に行った。ところが、まもなく家に帰されてしまった」

「なんだ。それじゃあ、おれのおふくろと同じだ」

と、音吉は言った。

「そうなのか？」

「ああ。寝小便の癖があったんでな」

「お前、そういうことをあたしに言うなよ。次にお前のおふくろに会ったとき、どういう顔をしたらいいか、わかんねえだろうが」

「なあに、気にしなくていいよ」

「それはともかく、金太郎のおふくろは、実家にもどった。そのときは、お腹《なか》に金太郎を宿していたってわけだ」

「へえ。それでおしまいか？」

「終わるわけない。まだ、金太郎が生まれてないだろうが。とにかく、あたしがぜんぶ、読み終えるまで待っててておくれ」

金次郎はそう言って、わきを向いてしまった。

「わかったよ。話の奥は深いんだな？　長作。おめえは何、読んでるんだ？」

音吉は、まんじゅう屋の長作に話しかけた。

「おれは凄いものを読んでるんだよ」

「凄いものって？」

「吉原案内」

そう言うと、でへへとだらしない顔で笑った。

「へえ、そりゃあ凄いや。行くのかい？」

「馬鹿。行けるものなら、こんなものは読まねえ。行けねえから、こういうのを読むのさ」

長作は自慢げに言った。

「どんなことが書いてあるんだい？」

「見世《みせ》と花魁《おいらん》の紹介だな。たとえば、これなんかいいなあと思ってるのさ。夕霧楼《ゆうぎりろう》の山吹《やまぶき》という花魁。歳《とし》は二十四。きれいだぞ、これは」

「おいらよりも年上だぜ」

「年上がいいのさ。お前、吉原に行ったことあるのか？」

「いや、まだないよ」

「ああ、それじゃあ、この山吹がいい。初めての客は手取り足取りって書いてある。おっ、手と足だけでなく、相撲も取るって」

「相撲も？」

「身体《からだ》の重さは三十貫（約百十二キロ）と書いてある」

「そりゃ、凄いよ」

「客待ちをするときは、漬物の樽《たる》の上に座っているそうだ」

「漬物石かよ」

「タクアンの上に座っていたときは、ちと臭いって」

「おいら、山吹さんはやめとくよ」

と、音吉は怯《おび》えた顔で言った。

「じゃあ、こっちはどうだ？　浦島楼《うらしまろう》の乙姫《おとひめ》」

長作は一枚めくってから言った。

「名前だけ聞くと、むちゃくちゃきれいみたいだ」

「歳は二十二」

「おいらに近づいてきたよ」

「薄化粧だって」

「ああ、薄化粧はいいね。花魁て、べたべた白粉《おしろい》を塗ってるんだろ。なんか、のっぺらぼうみたいで気味悪いや」

「あまり化粧が薄いので、髭《ひげ》が透けて見える」

「髭、あるのかよ」

「声、太し」

「すこしかすれた声は、色っぽくていいけどな」

「あとは、喉仏が目立つ程度」

「それ、おかまだろうが。いいよ、もう」

音吉は怒ってしまった。

二

次に音吉は、売れない役者の新五郎に訊《き》いた。

「新五郎。あんたは何、読んでるんだ?」

「おれは、『三犬伝《さんけんでん》』を読んでるところだ」

と、新五郎は表紙を見せた。犬が三匹、描いてある。

「三犬伝? なんだい、そりゃ?」

「おめえ、『八犬伝《はっけんでん》』は知ってるか?」

「ああ、八犬伝は、おいらのように字が読めなくても知ってるよ。いろいろ話を聞くからな」

「その八犬伝がな、出てくる犬の剣士の数が多すぎて、わけがわからなくなるってえので、数を絞って三人にした」

「八人が三人になったのか。出てくる人は八人のうちの三人かい？」

「それが違うんだ。この三犬伝に出てくるのは、まず、犬沢《いぬざわ》チン」

「犬沢チン？　弱そうだな」

「それと、犬田《いぬだ》ポチ」

「犬田ポチ？　それも弱そうだぞ」

「そして、犬井牙左衛門《いぬいきばざえもん》」

新五郎は、吠えるような口調で言った。役者だけあって、迫力のある声を出す。

「おっ、いきなり強そうになったな」

「その三人が大活躍する」

「へえ。あれは、たしか安房《あわ》の国の話なんだよな？」

「八犬伝のほうはな。三犬伝はもっと手近なところが舞台になる」

「どこだい、手近なところって？」

音吉は興味津々といった顔で訊《き》いた。

「長屋の路地」

「思いっ切り手近になったなあ」

「そこに、三犬士が住む犬小屋が三つ並んでいる」

「三犬士は犬小屋に寝てるのかよ。情けないなあ」

「犬小屋といっても、漆塗《うるし》りの立派なやつだ。小さいけれど、みんなが住みたがる」

「おいらはいくら立派でも、犬小屋になんか住みたくないよ」

「毎朝、餌《えさ》をねだって、わんわんとうるさく吠える」

「それ、ほんとに英雄か？」

「そこに、隣町から恐ろしく凶暴な野良犬たちの群れがやって来た」

「なんだよ、敵は野良犬かよ」

「その数、ざっと三万匹」

「それは凄い。そりゃあ、いくら三犬士でも駄目だ。みんな、やられちまったんじゃねえのか？」

「やられちまったら、本になんかしねえよ。もうちょっと待ってろ。ぜんぶ読み終えるから」

新五郎はふたたび、書物の中に没頭していった。

音吉は、手代の見習いをしている甚兵衛に訊いた。

「甚兵衛。あんたは何、読んでるんだ？」

「旅の案内だよ」

「おめえも長作といっしょで、行かないから読むとかいうのか？」

「おれは行くよ」

「お前のところは下り物をあつかったりしてるから、旅は多いんだろうな？」

「旦那にかわいがられているやつはな。そりゃあ、京都や大坂など、いろんなところに行ってくる。おいらはかわいがられないから、暗がりでじいっとしてる」

「それじゃ、泥棒だよ」

「こうもかわいがられないと、泥棒でもしたくなる」

「駄目だよ。くだらねえ気を起こしちゃ。それより、どんな旅の案内だい？」

音吉は、近ごろ元気のない甚兵衛を慰めると、本をのぞき込んだ。

「東海道九次《とうかいどうきゅうつぎ》」

と、甚兵衛は遠い目をして言った。

「え？」

「東海道九次という旅の案内書だよ」

「東海道って、ふつう五十三次あるんじゃねえのか?」

「おめえ、字が読めないわりには物知りだな」

「それくらい誰だって知ってるよ」

「東海道五十三次は、暇と金があるやつが行けるんだ。おれはどっちもねえから、五十三次なんか行けるわけがねえ。日本橋を出て、小田原あたりまで行って、もどって来るのが精一杯だ。小田原ってのは、日本橋を出てから九つめの宿だ。だから、そこまでの案内で、東海道九次」

「そうか。いろいろ、あるんだな」

とりあえず、皆が何を読んでいるかはわかったので、音吉も満足した。

三

まんじゅうを食って『北斎漫画』を見ながら、

「金太郎が吉原に行くんだったよな」

音吉はぽつりと、思い出したように言った。

「金太郎は吉原には行かねえよ」

と、若旦那の金次郎は言った。

「なんで、行かねえんだ？　行ったっていいじゃねえか」

音吉が文句を言うと、『吉原案内』を読んでいた長作が、

「そうだよ。金太郎だって男だぞ。それも、腹がけの真ん中に、大きく金ッと書いてあるくれえ男なんだ。これが、歩《ふ》とか、卜《と》なんて書いてあるなら、おれも誘わねえよ。金ッだからな」

と、金次郎に異議を唱えた。

「なんだかよくわからねえが、ま、いいか。じゃあ、金太郎も吉原に行くことにするよ」

若旦那で育ちが上品なのか、金次郎はあまり自分の意見にはこだわらない。

「そう、来なくっちゃ」

長作は満足した。

「でも、長作よ、吉原じゃ大騒ぎだろうな。金太郎が来たって」

と、金次郎は言った。

「ほんとだ。花魁なんか、きっと遠くのほうから駆けてくるよ。金さま、金さまって。

そりゃあ、金太郎だって嬉《うれ》しいだろうな。いままで山の中で熊と相撲取ってたのが、いきなりお江戸の吉原に来て、花魁たちから金さま、金さまとちやほやされたら」

「嬉しいよ」

金次郎はうなずいた。

「あ」

長作が急に不安げな顔をした。

「どうした、長作?」

「まさか、金太郎、熊、連れて来てねえだろうな」

「いや、連れてきたよ。だって、降参しておとなしくするって言うから」

若旦那は申し訳なさそうに言った。

「そうか、連れてきちまったか」

「大丈夫だよ。ちゃんと大門《おおもん》のところに縛りつけておいたから。金太郎が花魁としけこんでいるあいだは」

若旦那は、長作を安心させるような調子で言った。

「でも、熊は金太郎に置いていかれたと思って暴れるぜ」

と、音吉は言った。

「そうだよ。あっ、綱がはずれた」

長作はびっくりしたように言った。

「はずれたのかよ。まいったなあ」

音吉はうろたえている。

「おい、暴れてるよ。長作。金太郎はどこにあがってるんだ？」

若旦那が訊いたが、

「それがわからねえんだ。もう、花魁たちがあっちこっち連れ回すもんで」

長作は首をかしげるばかりである。

音吉はすっかり不安になってしまい、

「ああ、どうしたらいいんだよ」

と、頭を抱えた。

四

そこへ新五郎が声をかけた。

「大丈夫だぜ、音吉」

新五郎はこういうときはすぐ、いかにも役者のような台詞《せりふ》回しになる。

「なんで大丈夫なんだ?」

音吉は、新五郎の本をのぞき込みながら訊いた。

「そこにちょうど三犬士が来ていた」

「長屋の路地にいたんじゃないのか?」

「ふっふっふ。英雄はどこにでも現われる」

「野良犬三万匹はどうしたんだ?」

「じつは、犬小屋に隠れてやり過ごした」

「なんだよ、情けないなあ」

「そんなことはない。逆に、犬を三万匹も殺してしまったら、かわいそうだろうが」

「なるほどな。三人の名前、なんだっけ」

「犬沢チン、犬田ポチ、そして犬井牙左衛門」

新五郎はまた、犬井牙左衛門の名前だけを吠えるように言った。

「おう」

「三犬士はまず、熊に向かって吠えた。わん、わん、わん」

「吠えるのかよ。なんか、カッコ悪くねえか」

「しょうがねえだろう、犬の血が入った剣士なんだから」

「熊は恐がるか？」

「恐がるよ。だいたい、熊狩りのときも犬はつきものなんだ。こいつらが吠えて猟師のところまでおびき寄せるんだからな」

「そうか。だが、刀は抜かねえのか？」

「抜いてるよ、もう。三犬士はそれぞれ剣の達人だからな。犬沢チンが使うのは、柳生《やぎゅう》チン陰流」

「チン陰流かよ」

「犬田ポチは、ポチ一刀流」

「これまた弱そう」

「犬井牙左衛門は北辰《ほくしん》ガオー流」

「犬井牙左衛門だけだな、頼りになるのは」

と、音吉はつぶやいた。

「犬井牙左衛門は、物干し竿とも呼ばれる太刀《たち》の長さ二間《けん》もある刀を抜いた」

「長さ二間？　槍《やり》だよ、それじゃ」

「これをびゅんびゅん振り回しながら、熊に近づいた」

「熊を斬るのかよ。かわいそうだろうが」

と、音吉は怒って言った。

「いや、熊だって黙って斬られやしねえよ」

「どうすんだよ」

「逃げるんだよ」

「どこに？」

「どこだろう？」

新五郎は途端に不安そうな顔になった。

すると、手代の見習いの甚兵衛が、

「熊が逃げるとしたら、足柄山《あしがらやま》しかないだろうが」

と、嬉しそうに言った。

「よう、甚兵衛。足柄山といったら、小田原の近くにあるんだよな？」

音吉が訊いた。

「そうさ」

「けっこう遠いぜ。熊は道がわかるのか？」

「だから、この東海道九次が役に立つんだ」

と、甚兵衛は本を音吉に見せた。

「えっ。熊が本を読むのか。おいらは字が読めねえのに、熊は字が読めるってえのは情けねえなあ」

音吉はがっかりした。

「読めるといっても、平仮名を三つ四つ読めるだけだ」

「それじゃあ、本は無理だろうよ」

「ちょうどそのとき、金太郎もこのまま吉原になんか居つづけたら、腰が抜けて、駄目になってしまうと逃げてきた」

「金太郎と会えたのか」

「こうして、金太郎と熊は、もう、吉原には二度と近づくまいと、足柄山の山奥に帰って行ったとさ」

甚兵衛がそう言うと、皆は「ふうっ」と、ため息をついた。ひとつの芝居が無事に終わったというようすである。

「終わりか？」

と、音吉が訊いた。

「終わりだ」

甚兵衛はうなずいた。

「その東海道九次にそう書いてあるのか？」

「これには書いていない」

「じゃあ、いままでの話は、どの本に書いてあるんだ？　若旦那の金太郎の本に？」

「いや、あたしの本には、そんなことは書いていない」

若旦那の金次郎は首を横に振った。

「新五郎の？」

「三犬伝にも、そういう話はない」

「長作のほうか？」

「おれのは吉原案内だから、そんな話はないよ」

「なんだよ。おれは、本に書いてあることを教えてくれって頼んだんだぞ。いままでの話はぜんぶでたらめかよ」

音吉は裏切られたような顔で言った。

「書いてなくても、そういう話になったんだから、しょうがないだろ」

と、若旦那が言った。

「しょうがないのかよ」

「これも無尽灯のおかげなのさ」

「なんでだい？」

音吉がそう訊くと、若旦那はしらばくれた調子で言った。

「無尽灯は明るすぎるから、本に書いてないことまで読めちまう」

第六席　編笠息子

一

「おい、幸太郎《こうたろう》」

と呼ばれた男は、編笠《あみがさ》をかぶっていた。呼ばれなければ、前の道をそのまま通り過ぎて行こうとしたようだった。

深川佐賀町にある煙草《たばこ》問屋百寿堂《ひゃくじゅどう》の店先である。

呼んだほうは、店のあるじの幸右衛門《こうえもん》。六代目のあるじで、近所では人情味のある商売人として評判がいい。

「えっ」

呼ばれた男は、驚いたように立ち止まった。

「ちょっと手伝っておくれ。急ぎの注文が入っちまった。葉っぱを大量に刻まなくちゃならないんだ」

「わ、わたしのことですか」

男は編笠をさらに目深《まぶか》にかぶった。

「お前に決まってるだろうが、幸太郎」

「わたしが幸太郎という人だと？」

「お前が幸太郎じゃなくて、誰が幸太郎なんだよ」

「でも、わたしはこうして深く編笠をかぶっていて」

「編笠をかぶっていようが、どんぶりをかぶっていようが、お前なんかすぐわかっちまうだろうが」

「そうですかねぇ」

編笠をかぶった男は、疑わしそうな声で言った。

「だいたい声が、幸太郎だろうが」

「声なんざ、声色の技でどうにでもなります」

そう言って急に、

「ふぇ、ふぇえ、ふぇ、幸太郎ではあぁりましぇん」

と、妙な声を出してみせた。

「ふん。馬鹿馬鹿しい。それに、着物だって朝のまんまだろう。だいたいその趣味の悪い柄。蝶々《ちょうちょう》じゃあるまいし、紫と橙色《だいだいいろ》のまだら模様で、そんな気持ち悪い柄を着て外を歩いているのは、町内広しといえどお前だけだよ」

「そっちの松乃屋《まつのや》の順右衛門《じゅんえもん》のほうがもっと趣味が悪いと思うけどな。昨日なんか、真っ赤な着物に金色の帯を締めてたんですよ。わたしは七夕《たなばた》の短冊《たんざく》が歩いているのかと思ったくらいです」

「ほら。松乃屋の順右衛門を知ってるってことが、もうお前だってことだろ」

「な、なにを言ってるんですか。順右衛門を知ってるやつは山ほどいますよ」

「なんで編笠なんざ、かぶってるんだ？　こんなに風が爽やかな、気持ちのいい天気の日だというのに」

「それは訊《き》かないでください」

「なぜ訊いちゃいけないんだ？」

「答えたくないからです」

「ふっふっふ。あいかわらずだな、お前は」

幸右衛門は呆《あき》れたように笑った。

「なにがあいかわらずなんです？」

「お前は子どものころから嘘《うそ》がつけなかった。嘘をつこうとすると、妙なことをやったり言ったりして、逆に怪しいと思わせたものさ。いまとまったく同じだよ」

「え、やめてくださいよ。そうやって探りを入れたりするのは」

「あっ、お前、頭に竜の彫り物なんかしたんじゃないだろうな？」

「そんな馬鹿なこと、してません」

「じゃあ、頭のふたが取れたとか？」

「いつからわたしの頭にふたがあったんですか！」

「まさか、怪我《けが》でもしたんじゃないだろうな？」

幸右衛門は急に心配になった。おっちょこちょいのところがあって、他の子がしないような怪我もずいぶんしたのである。いきなり表に飛び出して、荷車にはね飛ばされたときは、心ノ臓が止まるかと思ったくらい驚いたものだ。

「どれ、おとっつぁんに見せなさい」

手を伸ばし、無理に編笠を取ろうとするが、すばやくかわして逃げてしまう。

「怪我なんかしてませんたら」

「だったら、見せろ、こいつめ」

何度か取ろうとすると逃げる、手を伸ばせば払うという動きをつづけたが、幸右衛門は息が切れた。

「はぁ、はぁ……疲れるやつだなあ。じゃあ、もういいっ！」

幸右衛門は怒鳴るように言った。

「そんなに怒らなくてもいいじゃないですか？　怒るのはいちばん身体《からだ》に悪いといいますよ。長生きをして、日本を歩いて三周するのが夢なんでしょう。できなくなったら困るでしょ。なんで三周なのか、訳のわからない夢ですけど」

「あたしの夢のことより、早くその編笠を脱げ。そんなものかぶってたら、煙草を刻むのにも邪魔になるだろう」

「いや、これは脱ぐわけにはいかないんです」

「ははあ。お前、仕事がしたくなくて、そういうことをしてるんだな」

「それは違いますよ」

「じゃあ、なんだ？」

「わたしがこれを取ると、わたしが幸太郎だということをおとっつぁんが知ってしまうでしょう？」

「やめてください」

「知ってるよ、もう」

「いや、公式に知ったことになってしまうんです」

「なんだ、それは？」

「あとで訊かれたときに、編笠をかぶっていたので、誰か知らなかったと言えるようにしておくべきです」

「大丈夫か、お前？」

幸右衛門は不安になってきた。急な熱病でもわずらって、頭がおかしくなってしまったのかもしれない。

「わたしはいま、追われている身でして」

と、後ろを振り向いた。

「追われてる？」

「そう。恐ろしそうなやつに」

「誰なんだ？」

「手を十本も持ったやつです」

「なんだ、そりゃ」

「同時にわたしは追いかけてもいるのですが」

「なにを言ってるんだ？」

やはり変である。こういうのは、医者よりも祈禱師《きとうし》を呼んだほうがいいかもしれない。

「では、さようなら」

「あ、こら、幸太郎。待て」

編笠の男は、永代橋《えいたい》のたもとの人混みに駆け去ってしまった。

二

「ごめんよ」

と、百寿堂ののれんをわけて入ってきたのは、五十がらみの図々しそうな男である。

「おや、鮫次《さめじ》親分」

「うむ。どうでえ、景気は？」

鮫次親分は十手《じって》で首のあたりを軽く叩《たた》いてみせた。

親分といっても、そうたいして子分がいるわけではない。町奉行所の使いっ走り。

いわゆる岡っ引きというやつである。鮫次はここらが縄張りで、当人いわく、深川の鮫といえば、悪党たちは震え上がるらしい。

「おかげさまで忙しくしておりますが、親分のほうこそ、このあいだの捕物では、ご活躍でしたねえ」

半月ほど前に、ここらであった大騒ぎである。

「なあに、どうってこたぁねえ」

鮫次親分は軽い調子で謙遜《けんそん》したが、鼻の穴が自慢げにふくらんでいる。

「いえいえ」

「だが、評判らしいな」

「そりゃあ、もう」

「瓦版は三種も出たらしいぜ」

「三種も」

「通りを歩くと、娘ッ子がじろじろ見たりしやがる」

「へえ、娘ッ子が」

「なんで、おいらだとわかるんだろうな」

「さすがに有名人ですねえ」

幸右衛門は驚いてみせた。

だが、鮫次は鮫の口を模様にした着物を着て、十手をよく見えるように差している。ここに、岡っ引きの鮫次がいるぞと、言いながら歩いているようなものである。

「それと、芸者もな」

「もてもてですね。そりゃあそうです。このあたりでは十年に一度という大捕物でいいところを見せたんですから」

「そうかな」

「なにせ、年寄り二人に子どもが一人、女が三人、次々に大怪我をさせられた」

「ひでえもんだった」

「町中に、きゃあきゃあ、わあわあという悲鳴が響き渡りました」

それは嘘ではない。

目の前の道を、大勢の通行人が右に左にと逃げ回ったのである。

昔、幸右衛門がまだ子どもだったころに、深川八幡《はちまん》の祭りの日に永代橋が落ちたことがある。そのときの騒ぎを思い出したほどだった。

「そう。おいらもその悲鳴を聞いて駆けつけて来たんだ」

「でも、下手人がイノシシだったのには驚きましたね」

「ああ、おいらも驚いたよ」

「こんな大きくて」

「目方はあとで量ったら、四十貫（約百五十キロ）もあったそうだ。相撲取りにもあれだけのはなかなかいねえ。あれで上手投げの一つも覚えたら、大関にだってなれるかもしれねえ」

「親分はその暴れるイノシシに敢然と立ち向かいなすって」

「ああ。まわしも締めずにな」

「それでも、組んずほぐれつの大格闘の末、ついにはイノシシを仰向《あおむ》けに押し倒して、喉首《のどくび》にがっぷりと食らいついた」

「ふっふっふ。そうだったな」

「サメがイノシシを食ったてんで、見ていた者はそりゃあもう、大喜びでした」

「ああ。拍手喝采は聞こえてたぜ」

「イノシシはうまかったですか？」

「うまくはねえよ。生だったし」

「岩見重太郎《いわみじゅうたろう》でしたっけ、荒木又右衛門《あらきまたえもん》でしたっけ、シシ退治で名を馳《は》せたのは？」

「岩見重太郎かな。でも、あれは、シシじゃなく、ヒヒだったんじゃねえか」

「ま、江戸っ子には、シシもヒヒもいっしょですから。その岩見重太郎も裸足《はだし》で逃げ出すほどの大活躍」

「なあに、それほどでもねえ」

「それで、今日もイノシシを捕まえに？」

「そんなにイノシシなんか出るものか。なあに、ちっと怪しいやつを見かけたんだ」

「怪しいやつと言いますと？」

「編笠をかぶって、うろうろしている野郎がいるのさ」

「えっ」

百寿堂の幸右衛門は胆が縮む思いである。幸太郎の言ったことも思い出し、

「そうか。手を十本持っていたというのは、十手のことか」

と、つぶやいた。

「編笠なんてえのは、たいがい侍が旅をするときにかぶるものだよな？」

「はい」

「そいつは刀なんざ差していねえ。町人のなりなんだ」

「……」

「しかも、このいい天気で、ここらで編笠なんかかぶっているやつは、まず、ろくな

野郎じゃねえ。それで、おいらは、『やい、待て』と、声をかけた」

「は、はい」

「なに、編笠なんざかぶってるんだ？　ここらの住人か？　人と話すときは、笠なんざ取るものなんだ。わからねえか？　ちょっと、それを取りやがれと、笠を取ろうとしたら、ひょいっとよけやがる。こいつめ、と手を伸ばせば、また、ひょいっとよける。この野郎がすばしっこいのさ」

「ええ、あれは子どものときから……」

すばしっこかったのである。

だが、商人にはすばしっこいのは必要ではない。将来は、スリかねずみ小僧にでもなるのかと心配したくらいだった。

「いま、子どものときからって言ったか？」

「いや、こっちの話です」

「そのうち、隙《すき》を見て、ぱっと駆け出しやがってな。逃げ足がまた速い野郎で、とうとう見失ってしまったのさ」

「そうでしたか」

「なんだ、元気ないな？」

「今度こそ、あの野郎を見つけたら、引きずり倒して、喉首に食らいついてやる」

「いえ、大丈夫です」

「ああ、なんてことを」

「じゃあ、見つけたら報《しら》せてくれよ」

鮫次親分はそう言って去って行った。

百寿堂の幸右衛門は、店の手代や小僧たちといっしょに煙草の葉っぱを刻んだりしていたが、だんだん心配になってきた。

「そうか。岡っ引きにも追いかけられたりしてるから、知らないほうがいいと言ってたのか……いったい、何があったんだろう？　あの子は性格がやさしいから、人さまに手を上げるなんてことはやるわけがない。こづかいだって不自由させてないから、盗みだのたかりだのってこともしないはず。じゃあ、何をした？　まさか、国家転覆をたくらんでいたりして？　幸太郎が征夷大将軍の座を狙ってる？　……こりゃあ大変だ。幸太郎が喉首を食いちぎられる！」

三

忙しいけれど、やはりせがれの危難をうっちゃっておくわけにはいかない。とりあえず町内を一周して来ようと幸右衛門が思ったとき、

「あのう」

と、女がやって来た。

「なんだい？」

呼ばれたほうを見て、幸右衛門は顔をしかめた。

「なんだ、あんたもかい」

女も笠をかぶっていた。ただし、こっちは真ん中が四角に突き出た市女笠《いちめがさ》と呼ばれるものである。

顔はすこし見えている。若い娘で、かわいい顔をしているみたいである。どうやら、顔よりは頭を隠したいらしい。

「あのう、こちらの店に幸太郎さんは？」

「いまはいないよ」

「そうですか」

顔は見えないが、がっかりしたのは声でわかる。

「どちらさまです？」

「近くの者なんですが」

「煙草でも買うんですか？　身体にはあまりいいものじゃないですよ。とくに若い娘は肌荒れがひどくなったりしますし」

「いえ、あたしは、煙草は吸いません」

両方の手のひらを広げ、前でちらちらと振って見せた。なかなかかわいらしい仕草である。

「幸太郎に御用ですか？」

「ええ、ちょっと。あのう」

「なんです？」

「幸太郎さんという人は、どんな人なのでしょう？」

「知ってるんじゃないのかい？」

「いえ、今日、ちらっとお目にかかっただけです」

「幸太郎はね……馬鹿野郎です」

と、幸右衛門は怒って言った。

「そうなんですか？」

「読み書きそろばんのことじゃないですよ。そっちは子どものときからよくできて、学者にするといいなんて言われたほどでしたから」

「すごぉい」

「だから、そういうことじゃない。世間の常識ということです。そっちはどうしようもないですね」

「そうは見えませんよ」

「そりゃあ見る目がないからでしょう。あれの母親が生まれて一年も経《た》たないうちに亡くなりましてね。あたしが男手一つで育てあげたのもいけなかったのかもしれません」

「まあ、かわいそう」

「小さいときは、かわいい子でしたよ。おっちょこちょいで活発だけど、甘えん坊のところがありましてね。やっぱり寂しかったりもしたんでしょうね。そんな幸太郎のためにも早く後妻をもらえと、親戚などからもずいぶん言われたのですが、もしも気が合わなかったりしたら、あの子がかわいそうだと我慢をしたのです」

「それは大変でしたね」

「おっぱいが恋しそうなときは、つきたての餅に金太郎飴《あめ》を差してしゃぶらせたり」

「まあ、かわいい」

「ときどきは白粉《おしろい》の匂いも恋しいかと、あたしが白粉を塗って添い寝をしたことも」

「それは気持ち悪いです」

「幸太郎もなぜか、おえっとなって」

「当然です」

「そうやって苦労して育てても、世間の常識がわからない男になっちまった。いままでは、気色の悪いまだらの着物を着てみたり」

「あれ、お似合いですよ」

「あんなけばけばしいものを」

「流行《はや》りですから」

「今日なんざ、編笠なんかかぶってここらをうろついているんですから、情けないったらありゃしねえ」

幸右衛門は娘の編笠を見ながら、すこし意地悪っぽく言った。

「まあ。あたしが会ったときは、編笠なんかかぶっていませんでしたよ」

「おや。そうですか。どうしたんでしょうかねえ」

「幸太郎さんに会わせてください」

「会わせてと言われても、いないんだからどうしようもありませんよ。さっき来たときには、向こうの永代橋のほうに行ってしまいましたが」

「じゃあ、あたし、捜してみます」

若い娘は慌ただしくいなくなってしまった。

四

「なんだか、訳がわからないねえ」

幸右衛門は首をかしげ、なにが起きたのか想像してみるが、さっぱりわからない。

若い男と女がなぜ、急にそれまでかぶっていなかった編笠なんぞをかぶらなければならないのか。しかも、女のほうも幸太郎が編笠をかぶる理由を知らないらしい。

すぐにもせがれを捜し歩くつもりだったが、

――もうちっと、皆の頭が落ち着いてからにするか。

と、思い直した。

そこへ、鮫次親分がもどって来るのが見えた。

「あ、また来たよ。どうしようかなあ。岡っ引きなんぞに相談しても、かえって話がこじれたりするとはよく聞くしなあ。とりあえず、しらばっくれながら、様子見といくか」

幸右衛門はひとりごちた。

「幸太郎ってのは、あんたのせがれなんだってな？」

「え、幸太郎？　あれ、うちのせがれ、幸太郎でしたっけ？」

「なんだよ、せがれの名前がわからなくなったのか？」

「あたしは幸右衛門で、釜《かま》ゆでにされたのは五右衛門《ごえもん》で」

「なにくだらねえこと言ってやがる。おい、編笠をかぶって歩いてるのは、幸太郎だそうだぜ」

「編笠を？　知りませんね。人違いじゃないですか？」

「人違いなんかじゃねえのさ」

「うちの幸太郎と編笠となんの関係があるのですか？」

「それが大ありなのさ」

「いやあ、信じられませんね。いままでうちの子は、編笠なんかかぶったことは一度もありませんよ。飯どきに走って転んで、頭からみそ汁をかぶったことは何度もありましたけどね」

「それには事情があったのさ」

「いったい、どうしたんです？」

幸右衛門ははらはらしながら訊いた。

「今日の夜、町内で花火大会をすることになっていたんだそうだな」

「花火大会？」

「と言ったって、両国でやるようなたいそうなもんじゃねえ。若いのが集まって、そこらの掘割のわきで、線香花火だの、ねずみ花火だのをしようってやつさ」

「ああ、あれはいいものですね。そう、あたしが死んだ女房とできたのも、その花火がきっかけでした。あら、幸さん、きれいね、なんて話しかけてきてね。また、花火の明かりがちらちらするなかで見るあいつの表情のきれいだったこと！」

「おいおい、のろけはいいから」

「ええ、その花火大会がどうかしましたか？」

「それで、あっちの水茶屋でその花火の趣向を考えていたんだそうだ。そのときに、幸太郎が、これとこれをいっしょに火をつけたら面白いんじゃないかと試してみたらしい。そしたら、ぼぉーっと勢いよく燃えて、ぴゅーっと飛んだ」

「危ないですね」

「そう、危ないんだよ。そのときも、危ないから下がってな、とは言っていたんだが、ちょうど『なになに?』とのぞきこんだ娘の頭にのってしまった」

「あらあら」

「髪の毛はただでさえ燃えやすいのに、娘の頭というのは髪油だの塗ったくってるから、それがたちまちめらめらっと燃え上がった。娘は、『きゃあ』とわめきだすが、周りにいたのはびっくりしてなにもすることができねえ。そのときだ。『お嬢さん、あたしが助けましょう』と、幸太郎が火傷《やけど》を覚悟で飛びついて、自分の身体で頭の火事をこうっと撫《な》でさするようにしたのさ」

「それで、消えたんですか?」

「消えた」

「そりゃあ、よかった」

「ただ、娘の頭もかなりちりちりになっちまったらしい」

「そうでしょうな」

「娘はそれを知ると、わーっとばかりに泣きじゃくって駆け去ってしまった」

「若い娘だもの、そりゃあ仕方がない」

「幸太郎も責任を感じてしまったらしい。あの娘があんな頭になって、あたしが一丁前に髷《まげ》なんか結っているわけにはいかねえと、近くの床屋に飛び込むと、つるつるに剃《そ》ってもらったのさ」

「そうでしたか……」

「髷を落とすなんざ、しばらくのあいだ世捨て人になるくらいのことだ。それで娘に詫《わ》びようと捜しているんだが、娘のほうは娘のほうで、いったん泣いて家に帰ったけれど、助けてくれた人にお礼を言ってないってんで、こっちも捜している。どうも二人は、お互いに会えないまま、町内をぐるぐる回っているらしいぜ。このままだと、永遠に会えないまま、町内を回りつづけるかもしれねえ」

「そんなことはないでしょう。じゃあ、悪いことをしたわけではないんですね？」

「悪いことどころか、人助けをしたんだ」

「幸太郎というのは、あたしのせがれです」

と、幸右衛門は胸を張って言った。

「やっぱり、そうかい」

「文政九年丙戌《ひのえいぬ》六月八日生まれの、まぎれもないせがれです。あたしは父親の幸右衛門で寛政八年丙辰《ひのえたつ》四月十二日生まれで……」

「いや、あんたのことはいいんだ」

鮫次親分は苦笑した。

「じゃあ、幸太郎はいま、つるつる頭？」

「そうらしいぜ」

「それで、編笠をかぶって」

「若い男だもの、なおさら恥ずかしいんだろうな」

「そら、そうですよ。若い者が頭を剃るなんてのは、よほどのことですからね。あたしだって幸太郎の年ごろで、坊主にするか、素っ裸で町を歩くか、どっちかを選べと言われたら、素っ裸のほうを選んだでしょう。しかも、あの子は頭の後ろが段々畑みたいで恰好《かっこう》悪いんですよ。そりゃあ、編笠でもかぶりたくなる気持ちもわかります。そうですか、幸太郎がそんな男気をだしてね」

幸右衛門はすっかり自慢げになっている。

「でも、お香代《かよ》のほうは、幸太郎が頭を剃ったと聞いて、あたしのためにそこまでするなんてと、ぽぉーっとなっちまってるらしいぜ」

「お香代さんとおっしゃるので」

「ほれ、そっちの相川町《あいかわちょう》の瀬戸物屋で東海屋《とうかいや》の娘だよ」

「東海屋さん、はい。深川八幡のお祭りじゃ、ともに幹事役を務めたことがありますよ。え、あの、かわいらしいお嬢ちゃんが。そうですか」

幸右衛門はまるで娘ができたみたいに、にんまりした。

「おっ、あっちから来たぜ。とうとう逢えたらしいな。二人いっしょだ」

と、鮫次が永代橋のほうを指差した。

幸太郎とお香代は並んで、嬉《うれ》しそうに話しながらやって来るではないか。

「なんだよ、笠はかぶっていねえぞ」

「幸太郎の頭も、ほんとにぴかぴかよく光って」

「お香代のほうも結い直したら、そんなに目立たねえ。なんだよ、ああやって見ると、似合いの二人なんじゃねえか」

「そうですね」

「せがれはいくつだい？」

「二十二です」

「お香代は十七だってえから、いいんじゃねえのか」

「ま、それは焦らずに」

と言いながらも、さっそく話を詰めようというような顔である。

「おい、幸太郎」

「あ、おとっつぁん。先ほどはどうも」

「なにが、どうもだい。鮫次親分もお待ちかねだよ」

幸右衛門の口調から咎《とが》めるような気配は消えていたにもかかわらず、

「親分。まだ、わたしを捕まえようと狙ってるので？」

と、幸太郎は逃げ腰になって訊いた。

「安心しな。そんなこと思っていねえよ。さっきだって、おいらは別に捕まえようなんてしちゃいねえ。おめえがろくに説明もせず、逃げ出してしまったんじゃねえか」

「だって、親分が話すときにはまず、笠を取れって言うから」

「そりゃあ、ふつうはそうだろ」

「でも、わたしはこんなつるつる頭になったばかりで、しかもわたしは頭のかたちにも自信がないし」

「おめえの気持ちもわかったよ。さっきも見ていたやつの話を聞いたよ。おめえが身を張って、お香代ちゃんを守ったんだってな」

「そうなんですよ、親分。幸太郎さんは、こう、両手を広げて、あたしの頭を抱きかかえるようにしながら、火をもみ消してくれたんです。あのときの幸太郎さんの素敵だったこと。あたしはずっと、頭の上で火を燃やしていたいと思ったほどでした」

お香代が嬉しそうに言った。

「たいしたもんだぜ。なかなか火のついた頭を抱きかかえようなんてことはできねえ。おいらがイノシシの喉首に噛《か》みついたのと同じくらいの勇気だ」

「いや、まあ、それは無我夢中でやったことですから」

「しかも、そのあと、お香代ちゃんだけ変な頭にさせておくわけにはいかねえと、てめえもつるつる頭にするなんざ、立派な心意気だ」

「そんなふうに言われると……」

「その気持ちを感じ取れるお香代ちゃんもまた、てえしたもんだ。それでこそ、お俠《きゃん》の心意気ってもんだ」

鮫次は二人をほめたたえた。

「いやあ、そんなにほめられたら、恥ずかしくてまた笠をかぶりたくなっちまう」

幸太郎が赤い顔で頭を撫でると、

と、お香代も照れくさそうに言った。

するとと鮫次親分、すっかり当てられた顔になって、まるで仲人でも引き受けようというように、嬉しそうな顔で言った。

「なんでえ、なんでえ、おめえら、編笠の次は相合傘か」

第七席　化け猫屋

一

もうそろそろ梅雨《つゆ》も明けようというころ——。

深川もだいぶ外れのあたりで、番屋の番太郎《ばんたろう》をしている久助《きゅうすけ》のところに、岡っ引きの鮫次が顔を出した。

「よう、久助」

「あ、鮫次親分」

鮫次は五十がらみの、いかにも恐ろしげな男である。背はそれほど高くないが、首が短いのか、肩の筋肉が盛り上がっているのか、顔から下はすぐに胸という体型をしている。深川の鮫といえば、悪党たちは震え上がるらしいが、それはこの体型のおかげもあるのではないか。

ただ、鮫次はふとしたときに、照れたような表情をのぞかせる。そのため、「鮫次親分はかわいい」などという飲み屋の女将《おかみ》もいたりするらしい。

「なんか、変わったことはあるか？」

「ちょうどいいところにきてくれましたよ。親分が来てくれないかなと思っていたところです。あるんです、それが。たいそう変わったことが」

「なんだよ」

「お化けが出るんです」

と、久助はいきなり声を低くして言った。

「お化け……それはどこかの祈禱師《きとうし》にでも頼んでくれ。じゃあな」

鮫次は固い顔で踵《きびす》を返そうとした。

久助は鮫次の袖にすがりつき、

「ちっと、待ってくださいよ。いま、訊《き》いたじゃないですか。変わったことはないのかと。あるんだから、相談にのってくださいよ」

「だが、おれは悪党を相手にいろいろやってるんだ。お化けのことは、おれとはまったく関係ねえのさ。すぐ目の前に現われたって、おれは知らぬふりをする。お前だって、関係ねえやつとは話なんかしねえだろ？　それと同じだよ」

「同じじゃないような気もしますけどね」

「それに、おれはいま、いなくなった悪党を捜しまわるので忙しいんだ。おめえだって、知ってるだろ。いたち小僧と呼ばれた悪党を」

「いたち小僧？　ずいぶん昔の悪党じゃないですか。そんなものより、目先のお化けをなんとかしてくださいよ」

「駄目だよ。お化けなんかつかまえても、縄も打てねえんだぜ。牢屋《ろうや》に入れてもすぐに抜け出しちまうし、獄門首《ごくもんくび》にしたって平気なんだ。首しかないと、食っても食っても腹いっぱいにならねえなんて言うくらいだ。そんなやつ、いまさらどうしろって言うんだよ」

「お化けといっても、人ではないんです」

「そりゃあ、お化けは人ではねえだろうが」

「いえ、猫のお化けなんです」

「あ、ますますおれの仕事とは関係ねえ。じゃあな」

鮫次の顔は、頭の後ろあたりを結んだみたいに引きつっている。

「あ、もしかして、親分、お化けが恐《こわ》いんですか？」

「えっ」

鮫次はそのことを指摘されて、かわいそうなくらいおどおどした。

「まさか、恐いもの知らずで有名な深川の鮫が、お化けが恐いなんてことはないですよね」

「当たり前だ。あんなものは恐くもなんともねえ。ただ、あいつらとは気が合わねえだけなのさ」

そう言って、また帰ろうとした。

「ちょっと、親分。皆、頼りにしてるんですよ。それは冷たいでしょう」

「だって、相談されても、できることとできねえことがあるし。おれなんか、神さまでも仏さまでもねえ。ただの首の短い深川の鮫だし。親分とか声をかけてきても、陰じゃ、ぼろくそ言われてるし」

「なに、ひがんでるんですか？　とりあえず、話だけ聞いてくださいよ。じつは、化け猫を売る店ができたんです」

「化け猫を売る？　なんだ、それ？」

「そこの寺と寺のあいだに、細い道があるでしょ？」

と、久助は外に出て、斜め前あたりを指差した。

すでに陽《ひ》は落ちかけ、肌理《きめ》が荒くなった淡い光が、家々の屋根のあたりに漂っていた。

「ああ、あるな。でも、あれは行き止まりだぞ。墓場の塀にぶつかるだけだ」

「その突き当たりに店ができたんです」

「誰がそんなふざけた店を開いたんだ？」

「親分は見てなかったですかね。よく、このあたりで野良猫に餌《えさ》をやってた婆《ばあ》さんがいたんですよ」

「ああ、いたな。ちっと気難しそうな婆さんだろ。ああいう人って、猫にはやさしいけど、人間のことは嫌いだったりするんだよ」

「けっこうつらい思いをしてきたんでしょうね。人間が嫌になった分、生きものに情愛をそそいだりするんですよ。あたしは、ああいう気持ちわかりますけどね。親分はわからないかもしれませんが」

「ばあか。おれだってわかるぜ。まさか、その婆さんが始めたってかい？」

「そうなんです」

「ふうん。別にいいだろうよ。どんな店をやろうが」

「でも、このあたりの者は皆、恐がってましてね。あたしもいろいろ相談されて困っているんです」

「おめえが相談されてんだろ。おめえになんとかしてもらいたいんじゃねえか。おれはそんなこと、相談されたことはねえもの」

「それは冷たいですよ」

「だったら、人を紹介するよ。おれの知り合いにな、全満寺の南念和尚というやつがいるんだ。そっちの海っぱたにある寺だよ」

「知ってますよ。南念和尚は有名ですから」

「南念に頼め。あいつは化け物なんか平気だ。なんせ、自分がタヌキの化け物だったりするんだから」

「もう、頼みましたよ。でも、和尚は、あたしの知り合いに鮫次という岡っ引きがいると。そいつは化け猫だって皮を剝《は》いで、食っちゃうようなやつだと」

「おれに頼めってかい。まったく、あの糞《くそ》坊主が」

鮫次は憎々しげに顔をしかめた。

「それはともかく、親分は評判がいいですね。いままでいた親分でいいますと、捕物の神さまともいわれる半七《はんしち》親分、銭をぶつけるので有名な平次《へいじ》親分、人形のようにいい男だった佐七《さしち》親分、これに鮫次親分を加えて、岡っ引きの四天王という評判が

「……」

「あるのか？」

「いや、立てようかと思ってるんで」

久助はそう言って、上目遣いにじいっと鮫次を見た。

「ま、自慢じゃねえが、ずいぶん事件は解決したわな」

「そうですよ。有名なイノシシ捕縛事件もありますし、おにぎりの中の梅干しが忽然《こつぜん》と消えた謎を解いたこともあったし」

「そうだな。それと似ていたが、水槽の金魚が三匹消えた謎も解いたぜ」

「はい。それに、贋《にせ》の永代《えいたい》橋の事件では、親分の名を江戸中に知らしめました。これからの手柄に、ぜひ、化け猫屋の事件を加えたいですよ」

「うむ。やはり、そうかな」

鮫次は照れたように、にやりと笑った。

二

久助に後押しされるように、鮫次はその店がある路地へとやって来た。

じつに気味の悪いところである。

両側は寺の土塀になっている。ところどころ、崩れかけたり、変な染みがあったりして、殺伐とした雰囲気が漂う。幅一間《けん》足らずの路地をまっすぐ奥へ行く。突き当たりにうっすら明かりがあるので、店は開いているらしい。

「おめえ、そこでちゃんと見張ってろよ」

鮫次は振り向いて、久助に言った。

「はい。見てますよ」

「命綱つけていこうかな」

「大丈夫ですよ、たかが婆さん一人じゃないですか」

「だったら、おめえがいけよ。まったく、こんな細い路地の奥に、店なんざつくらなくてもいいじゃねえか。しかも、裏っかたは墓場だってんだろ。冗談じゃねえぜ」

鮫次はぶつぶつ言いながら、店の前に立った。

店と言っても、ほとんど掘っ立て小屋である。間口は一間足らず。後ろに棚があり、そこに猫の人形がいろいろ飾ってある。黒猫、三毛猫、トラなど、模様はいろいろである。

「いらっしゃい」

ろうそくの明かりに老婆の顔が浮かびあがった。

小さな顔だが、眼《まなこ》は大きく、らんらんと光っている。もしかしたら、若いときには美人だったかもしれない。

「変わったところで商売してるんだな」

鮫次はドスを利《き》かせた声で言った。

さらに、帯の後ろに差した十手《じって》を取り出し、ろうそくの明かりで光らせてみせた。

だが、老婆は別にたじろいだりもしない。

「そうですかね」

「なんでこんなところで気味の悪い商売を始めたんだよ。明るいところでやれよ」

「明るいところは地代が高いでしょ。ここはタダなんです」

「じゃあ、昼間やれよ」

「猫は昼よりも、夜に動き出す生きものでしてね」

「なんだよ、化け猫屋って？」

「化け猫屋なんて、人が勝手に言っていることですよ」

「じゃあ、何を売ってるんだよ」

「猫の思い出です」

老婆はそう言って、にたりと笑った。口の端から血でも垂れてきそうな、嫌な笑いである。

「なんだ、そりゃ？」

「ま、旦那などは猫なんか飼ったりしたことはないでしょうが」

「あるよ」

「おや、あるんですか？　猫を見ると、蹴飛ばして歩くような、残虐《ざんぎゃく》な人かと思ってましたよ」

「おれが子どものときから数えたら、もう、六匹くらいは飼ったかもしれねえな」

懐かしいというより、切ない思い出である。

父親も母親も忙しくて、いつも長屋で留守番をしていた。鮫次という名前が恐いからと言われて、近所の友だちもあまり寄りつかなかった。その中に、熊吉《くまきち》も寅蔵もいたのが不思議だった。

だから、いつも猫が友だちがわりだった。

大人になっても猫はいつもそばにいた。最初の女房には愛想をつかされ、二人目の女房は肺の病で死んだ。そんなときも、猫になぐさめられた。

「いちばんなついていた猫とか、とくにかわいがっていた猫とかはいますか？」

「それぞれ皆、かわいかったけどな……」

鮫次の脳裡《のうり》を六匹の猫が、左から右に歩いて消えた。

「そうだな。いちばんおれになついてくれたのは、四、五年前に死んじゃったタマだったかな」

「ああ、ブチのね」

と、老婆はうなずいた。

「えっ、なんで知ってんだ？」

鮫次は驚いた。ほんとに白黒のブチで、顔の真ん中あたりが黒くなっているのが、なんとも滑稽《こっけい》で、愛らしかった。

「わかりますよ。いま、足元に来ましたもの」

老婆は大真面目《おおまじめ》な顔で言った。

「おい、恐いこと言うなよ」

「おい、タマちゃん。おや、そっちに遊びに行くのかい？」

老婆は店の奥を見た。

目を凝らすと、猫が通り抜けできるくらいの穴が開いている。そこを、いかにも猫がくぐっていったような気がした。

「タマちゃんは、また親分のところに来たいって、言ってますよ。あら、タマちゃん、そんなに鳴かないの」

「おい、ほんとにそっちでにゃあにゃあ言ってるな。なんだか、タマの鳴き声みたいな気がしてきたぞ」

いかにも甘えたみたいな鳴き声である。

この声を出していたときが、いちばんかわいい表情としぐさを見せたのだ。

「タマちゃん、よほど親分のところにいたときが幸せだったみたいですね」

老婆はしみじみとした口調で言った。

「おい。嬉《うれ》しくて悲しいことを言うなよ。嬉しくて、悲しい、うれかなしい」

「なに、くだらないこと言ってんですか」

老婆は呆《あき》れた。

「でも、まさかもどっては来られないだろ？」

「死んだ猫そのものはちょっと難しいですね」

「だよな。手土産に〈あの世もなか〉とかもらっても、食いたくないしな」

「でも、親分のほうから迎えに行くことはできますけどね。〈深川饅頭《まんじゅう》〉を手土産にして」

老婆は嬉しそうに言った。

「おい、冗談じゃねえよ」

「生まれ変わりの猫ならいますよ。それを飼ってやればいいじゃないですか」

「いるのかよ、そんな猫？」

「いますよ。そういうのは、たいがい親分のそばに来ているものですよ」

「そうなのか」

「今度、捜しておきますよ」

「頼めるのか？」

「もちろんです。それが、あたしの商売ですから」

「ああ、半信半疑って気持ちだが、いちおう、捜してみてくれ。そうか、だから化け猫屋って言われてるのか」

鮫次は立ち上がった。

振り返ると、すでに次の客が三人ほど、順番を待っていた。

化け猫屋は、大繁盛のようだった。

三

「鮫次親分じゃないですか」

「おう、久助か」

このあいだの夜から十日ほどして、鮫次はまた、化け猫屋の近くまでやって来た。

「親分、なんだか元気ないですね」

「ああ、このあいだ、そこの化け猫屋で、死んだタマのことを言われただろ。あれから、気になっちまってさ」

「なにが？」

「生まれ変わりがおれのそばにいるかもしれねえんだとさ」

「へえ、気味悪いですね？」

「タマの生まれ変わりなら、気味悪くなんかねえよ」

と、鮫次は怒ったように言った。

それは嘘《うそ》ではない。幽霊でもいいから、タマにはときどき遊びに来てもらいたい。猫じゃらしで、延々一刻《いっとき》（二時間）ほど遊びつづけるのもいいし、夜道を連れ立って散策するのも楽しい。

じっさい、昨晩などはもしかして遊びに来てくれるかと、枕元に魚の干物とまたたびを置いて寝たくらいだった。

やはり来なかったかと、朝、起きて思ったときの寂しさときたらなかった。

「ははあ。なるほどね」

と、久助はにたにた笑った。

「なにがなるほどなんだよ」

「あんなもの買いに来るやつがいるのかと思ったけど、愛猫家《あいびょうか》がお化けになった猫を捜しに来るんですよね。親分までやられちまうくらいだもの、繁盛するわけだ」

「そんなに繁盛してるか？」

「してますよ。また、死んだ猫の生まれ変わりてえのを売ってるらしいんですが、それは一匹一両もするんですよ」

「そんなにするのかい」

鮫次も驚いた。

だが、ほんとにタマの生まれ変わりなら、それくらい出してしまうのではないだろうか。

「うまい商売を始めたもんですよ。そんなに儲《もう》かるなら、あっしも向こうの路地でやろうかと思ってるくらいで」

「化け猫屋をか?」

「それじゃあ、あまりにも芸がないんで、化け犬屋を」

「もっと芸がなさすぎだ」

鮫次は歩き出した。

「親分、どこに行くんですか?」

「タマの生まれ変わりを捜しておいてくれるって言ってたからな。見つかったかどうか、訊いてみるのさ」

四

まだ店は開けたばかりで、待っている客はいなかった。

かすかに生温かい風が吹き、うっすらと線香の匂いも混じっている。

薄い板の庇《ひさし》に下げられた提灯《ちょうちん》の明かりが、店を別の世界への入口みたいに感じさせた。

「よう、化け猫屋」

「あら、親分」

「タマの生まれ変わりは見つかったかい？」

「ああ、はい、はい。見つかりましたとも。ちょっと待ってくださいよ」

と、裏から持ってきたのはトラ猫である。逃げないように首輪をはめ、紐《ひも》で店の柱にくくりつけた。

「違うぜ、それは」

と、鮫次は不愉快そうに言った。

忘れていたので、あわててそこらにいたやつを適当に持ってきたのではないか。どうせ岡っ引き相手では金は取れないと踏んで。

「いいえ。これ、タマちゃんですよ」

「だって、タマは黒と白のブチだったんだぜ。あんたもこのあいだ、言ってたじゃねえか」

「ああ、はい。言いましたよ。でも、生まれ変わりが同じ模様になるとは限らないんですよ」

「そんな馬鹿な」

「だって、猫の子どもを見てくださいよ。五匹いっぺんに生まれても、模様は一匹ずつ、ぜんぶ違っていたりするでしょ」

「それはそうなんだが……」

タマも仔《こ》を産んだことがある。それもやはり、五匹ぜんぶ、色や模様が違っていた。だが、猫の場合、父親が一匹とは限らない気がする。だから、いろんな色が混じり合うのではないか。

それと、死んだ猫が生まれ変わるのとは、あまり関係がない気がする。

「おい、タマ」

と、鮫次は座っている猫に声をかけた。

「……」

「返事もしないぜ。タマはおれが呼ぶと、いつも、みゃあと返事をしてくれたんだがな」

「だって、親分、もう四、五年も名前を呼ばれなかったんですよ。猫なんか、忘れちゃいますよ」

「忘れるか、自分の名前を?」

「忘れますよ」

「ちっと抱かせてくれ」

鮫次はタマだというトラ猫を捕まえて抱いた。

ずいぶん重い。タマは小柄な猫だった。

「おい、これ、オスだぞ」

「えっ、それが？　メス猫で死んだから、生まれ変わりもメスとは限りませんよ」

「おい、タマ。お前が好きだったうさぎ饅頭《まんじゅう》を持ってきたぞ」

鮫次は、懐から紙に包んだ饅頭を取り出した。卵のかたちをした白い饅頭で、耳と目が紅で描いてある。それをトラ猫の鼻先につけた。

「猫が饅頭を食べるんですか？」

「タマは好きだったんだよ……なんだよ、食べねえぜ」

「食べませんよ」

「じゃあ、どこが同じなんだよ」

「魂ですよ。それは、いっしょに暮らしていくうちにちゃんとわかってきますよ」

「ふうん」

鮫次は猫をそっと下に置き、腕組みして考え込んだ。

「なんですか。そんなに疑うんでしたら、別にいいんですよ」

と、老婆はふてくされ、

「タマちゃん。親分はもう、あんたのことはかわいくないんだってさ」

厭味《いやみ》たっぷりに言った。

「おい、婆さん。そこに鎌が置いてあるよな？」

鮫次は小屋の隅を指差した。

「ええ。ありますよ。これがどうかしましたか？」

「昔、いたち小僧っていう悪い野郎がいたんだよ。もう三十年も前に江戸でいろいろ悪いことをしたあげく、上方《かみがた》にずらかりやがった。歳《とし》も六十五から七十くらいにはなってるだろうな。死んだんじゃねえかと思われていたんだが、近ごろ深川で見かけたという噂《うわさ》があって、おいらは捜してたんだよ」

「……」

「そいつの綽名《あだな》がなんでいたち小僧なのか、皆、あんまり古いことなんで忘れちまっていた。だが、思い出したよ。そいつはとっつかまりそうになると、鎌を武器にして暴れた。まるで鎌いたちみたいにすばしっこかったそうだ」

「あたしのこの鎌ですか？　これは、後ろの草を刈るためのものですよ。草が生えてると虫が多いのでね」

と、婆さんは笑みを浮かべて言った。

「それでさっき猫を下に置くときな、これは間違いだったら平にあやまるつもりだったんだけど、そのはだけた着物の下から、白いものがのぞけたのさ」

「……」

「それって、ふんどしだろ？　婆さんはふんどしを締めねえよな」

「……」

「よく猫に餌をあげてる婆さんているよな。そういう爺さんは滅多に見ねえ。だから、婆さんに化けて猫をなつかせたほうが疑われねえですむ。そうやって、なつかせた猫を、生まれ変わりだのと嘘っぱちを並べて、高い金で売ってやがった。なにが猫の魂だよ。おめえは、なつかしい猫はいるかと客に訊く。客は後ろに並んだ猫の中で、同じ模様をした人形に目がいってしまう。おめえはそいつを見逃さねえ。タマちゃんはブチだったよねって、なんのことはねえ、おれが教えていた」

「……」

「やいやい。化けてるのは猫じゃねえ。いたち小僧。おめえが化けてるんだ。神妙にしやがれ」

鮫次がつかみかかると、婆さんは後ろに飛びすさった。

後ろの板がくるりと回る。

いたち小僧の姿が消えた。

「待て、いたち」

「くそっ。もうひと稼ぎしたかったのに。爺《じじ》いの姿だと、いたち小僧の名が泣くし、婆《ばば》あに化ければ、ふんどしで足がついた」

いたち小僧がそう言うと、鮫次は笑って、

「生憎《あいにく》だ。どっちもどっち。いたちかゆしだ」

第八席　けんか凧

一

油堀《あぶらぼり》にかかった下之橋《しものはし》の上に立って、周囲をざっと見回すと、

「ちゃん。思ったより多くなかったね」

と、太吉《たきち》は嬉《うれ》しそうに言った。

「ほんとだな」

太吉の父親の弥太兵衛《やたべえ》はうなずいた。

油堀が大川へと流れ込むところである。大川の水が今日はいちだんと青く、広々とした景色が広がっている。下之橋から右手のほうが佐賀町河岸、左手が永代《えいたい》河岸と呼ばれる。

正月であるうえに、風が強めに吹いて、絶好の凧揚《たこあ》げ日和《びより》になった。河岸のあたりはずらりと列をなしているかと思ったが、そうでもなかった。もちろん少なくはないが、揚げる場所を探すのに苦労するというほどではない。

このところ、ここらの子どもたちのあいだでは高い足をした独楽《こま》回しが流行《はや》っている。そっちにまわった連中が多いのかもしれなかった。

「じゃあ、やろうよ」

太吉はお年玉で買った凧を大事そうに掲げた。派手な色合いの大首絵《おおくびえ》が描かれてある。

「なんだ、変わった絵柄だな」

と、弥太兵衛は言った。

「うん。子どもはあんまり買わないよ」

「そりゃそうだ。知ってんのか？」

「弁天小僧菊之助《べんてんこぞうきくのすけ》」

台詞《せりふ》回しのように言った。

知っていたのだ。

「悪党だぞ」

「でも、恰好《かっこう》はいいよ」

「おいおい」

弥太兵衛はつい苦笑してしまう。悪党たちを恰好よく思わせるなんて、歌舞伎も罪つくりである。

弁天小僧は白浪《しらなみ》五人男の一人で、五人の中でももっとも人気がある。正式の狂言の題は『青砥稿《あおとぞうし》 花紅彩画《はなのにしきえ》』という。河竹黙阿弥《かわたけもくあみ》がつくった芝居で、文久二年に市村座《いちむらざ》で初演されて以来、たちまち江戸っ子は知らぬ者とてないほどの人気狂言になった。

「牛若丸《うしわかまる》とか義経《よしつね》はなかったのか？」

と、弥太兵衛は訊《き》いた。

「ちゃん。そりゃ、同じ人だよ」

「弁慶《べんけい》とか」

「流行らねえもの」

「そういうもんかね」

そういえば、弥太兵衛が子どものころは石川五右衛門だのねずみ小僧なども凧の図柄として人気があった。あれも悪党である。親が勧めるような絵柄は流行らない。そんなものはよせというのが流行る。いつの時代も同じなのだろう。

「さあ、いくぜ」

太吉はそう言って、その凧を風の中にひょいと放り投げるようにした。それからくいっと糸を引いてから、すばやく指先をゆるめると、凧はすぅーっと空に出て行った。持たせておいて走ったりしない。わずかな動作だけで風を捕まえた。

東のほうは薄い雲におおわれているが、西半分はきれいに晴れている。その青空のほうへ、弁天小僧は勢いよく駆け上がっていく。

「太吉、うまくなったじゃねえか」

「ああ。このあたりじゃ、おいらがいちばんだよ」

「ふうん」

忙しくて、凧揚げを教えたこともないのに、見よう見真似《みまね》でうまくなったらしい。

「近所のガキどもも、凧揚げのことについちゃ、おいらに挨拶に来るぜ。なんだかこらの親分になったみたいだよ」

「凧の親分か」

「この前は牢《ろう》屋敷の役人のせがれが出てきやがった」

「へえ」

牢屋敷は小伝馬町《こでんまちょう》にある。ここからは遠い。だが、その存在は子どもでも知っていて、江戸の悪ガキどもは悪戯《いたずら》をするたびに、「あそこに入るか」と脅される。その牢屋敷の役人が近所に住んでいるというのは、弥太兵衛も聞いたことがある。

「もちろん、おいらが勝った。そいつも、おめえは町人のガキのくせにたいしたもんだって褒めてったぜ」

凧に侍も町人もないだろうが、弥太兵衛は黙ってうなずいた。

「ちゃんが牢に入ったときは、あいつを紹介してやるぜ」

「入るか、牢になど」

たしかに、太吉の手つきはいい。

教えた覚えもない。ずっと忙しくて、それどころではなかった。弥太兵衛も凧揚げでは相当だったから、血のつながりというのもあるかもしれない。

だが、太吉が年の暮れまで使っていた凧は、破れたのを何度も貼り足して、前の絵柄すらわからなくなっていたはずである。

「あんなボロ凧でそんなにうまく揚げてたかい？」

「うん。古い新しいは関係ねえもの。むしろ、ボロのほうがいいんだぜ。新しい凧だと、うまく揚げても凧のおかげにされる。ボロ凧だと、腕がいいってすぐにわかる」

「なるほどな」

「誰よりも高く揚げるだろ。それからゆっくり降りてくる。降りるにしたがってかなりのボロ凧だとわかるんだ。そんときのどよめき。気持ちがいいったらないよ。地上にボロを飾った気分だ」

「そりゃ、故郷に錦を飾るだろ」

「うん。反対なんだ」

笑いもせず、太吉はうなずいた。

「よし、おれもやるか」

次に弥太兵衛が揚げてみせた。

凧は白地に藍《あい》で、山形と〈善〉の字が描いてあるだけである。

弥太兵衛が番頭をしていた山善《やまぜん》の商号である。青空に藍は目立たないかと思うがそんなことはない。文字がくっきりと浮かび上がる。

やはり、風をとらえる感触というのは、なんとも言えず気持ちがよかった。

二

「たいした勢いだね、ちゃん」

弥太兵衛の凧を見て、太吉が誇らしげに言った。

「そうだな」

「まさか、山善がつぶれたようには見えねえよ」

太吉の声は急に情けないものに変わった。

「まったくだ」

弥太兵衛は苦々しげにうなずいた。

ふざけた話だった。

太吉が言ったように、山善は師走《しわす》に入ってすぐつぶれてしまった。

おもに海苔《のり》を扱う海産物の問屋で、小さな店だが、寿司《すし》屋などには信用があり、まずまず繁盛していた。それが、あるじがひそかにつくっていた借金のせいで、いきなり大店《おおだな》に買い取られてしまった。

まったく寝耳に水のことだった。

いくら番頭とはいえ、あるじに陰でやられてしまうと、手の打ちようがなかった。

「おっと、太吉、風が変わったぜ」

「うん。わかってるよ、ちゃん」

太吉は身体《からだ》の向きを変えた。凧は大川の下流のほうへ流されていた。弥太兵衛の目に永代橋が映った。この半月以上、あの橋を渡っていない。

小僧として山善に入った。住み込みの手代から通いの手代となったのは、二十七のときである。一膳飯屋で働いていたおせんと、深川佐賀町の裏店《うらだな》に所帯を持った。すぐに太吉が生まれた。

以来十一年間、雨の日も風の日も、毎日、あの橋を渡った。

――もう、渡ることはないのだろうか……。

不思議な気持ちだった。

弥太兵衛は三十八になっている。四十が見えてきた。

もっと早く自分の店を持てなくもなかったが、それはしなかった。

女房のおせんが小さな煮売り屋をしたいというので、貯めてきた資金をそっちに回してしまっていた。

その女房のおせんも出て行った。

太吉が見かけたことから訳は想像できる。夜、あちこち捜し回っていると、太吉は弥太兵衛の背中で、

「知らねえおじちゃんと橋を渡って行ったよ」

みみずくが夜の中でささやくような調子で、そう言ったものである。

顔見知りである永代橋の橋番も言った。

「あんたの女房といっしょに歩いていた野郎は、ろくなやつじゃねえな。親戚のあぶれ者かなんかかい？」

「まあな」

弥太兵衛もおせんも、江戸に親戚はいなかった。

だが、あまり追及したくはない。弥太兵衛にも非がないわけではないのだ。仕事を言い訳にして、女房や子どものことはそっちのけだった。いずれ、それでしっぺ返しがくるような気はしていた。やったこと、やらなかったこと。人生の後半は、しっぺ返しでできている。

太吉は事情を薄々察知している。うまく言葉には出せなくても、子どもはいろんなことを見ている。大人の背中を見ながら育ってきた。

おせんのことを言わないのが哀れでもある。

ただ、その太吉も知らないことがある。

じつは、おせんはそれから半年後に、急な病で死んだ。弥太兵衛が聞いたのもすでにひと月ほどしてからだった。駆け落ちした男と、芝のほうで半年ほど煮売り屋をやったことはやった。そこそこ流行ったのだが、男がバクチのため、売上金を次々に持ち出した。

結局、働きづめになり、身体が先に参ったのだろう。もともと丈夫な身体ではなかった。太吉を身ごもったときだって、医者にはおろしたほうがいいと言われたくらいだった。

おせんが死ぬと、男はさっさといなくなったらしい。もちろん弥太兵衛が出した資金なんかもどってくるわけがない。

ぼんやりおせんのことを思い出していると、

「怒ってるのかい？」

と、太吉が弥太兵衛に訊いた。

「誰を？」

「母ちゃんをだよ」

「怒ってなんかいるもんか」

そう言って、弥太兵衛は自分でも驚いた。

――おれはもう、怒っていないのか……。

人生は一度きりなのだ。したいことをするべきなのだ。

変に堅苦しくてつまらない生き方しかできない自分のほうが悲しい。

だが、そう思えるのもおせんが死んだからで、生きていたらまだ怒っていたのではないか。

「そうだよな。おいらも怒っちゃいねえよ」

太吉は凧を見つめながら言った。

三

いきなりだった。遠くに浮かんでいた凧——それは与太者のような気配を漂わせてはいたのだが、地上の獲物に襲いかかる鷹《たか》のように、空を斜めに横切って来た。

「おっと、危ねえ」

弥太兵衛は巧みにその凧を避《よ》けた。

ちらりと横を見ると、

「えんやぁどっと、えんやぁどっと」

黒く日焼けした男が、大声で歌をうたいながら近づいてきた。

「よっ。そこにいるのは五助《ごすけ》じゃねえか」

弥太兵衛の子どものころの名を呼んだ。弥太兵衛という名は、五年前に番頭に昇格したとき、あるじがつけてくれた。

「ああ、源吉《げんきち》か」

幼なじみの、近所の悪たれ坊主だった。佐賀町ではなく、もうすこし海辺よりの熊井町から、このあたりまで遊びに来ていたものだった。

漁師になったはずだが、網元の機嫌を損ね、このところは陸《おか》に上がりっぱなしだと聞いていた。

「えんやぁどっと、えんやぁどっと」

凧揚げをしながら、濁声《だみごえ》で歌をがなりたてる。酔っ払っているのかと誰もが思うが、源吉は下戸《げこ》である。酒は一滴も飲まない。いつも素面《しらふ》で騒いでいるのだ。

馬鹿はあいかわらずらしい。

空にある源吉の凧を見て、

「すごい凧だね」

太吉は呆《あき》れて笑った。

ふつうの凧よりふた回りほど大きい。

絵柄がまたすごい。

「派手な絵だねえ」

「あいつのは昔からなんだ」

「あれは義経と金太郎だね」

「おい、子どもはあんまり見ないほうがいいぞ」

「義経と金太郎が女を追いかけてる」

「まったくしょうがねえな」

「あれ。みんな、腰から下は素っ裸だ」

「見るな、見るな。枕絵を貼ってやがるんだ。まだ、あんなことをしてる。あれでさんざん町方からも怒られたのに。いっときは、昼間揚げると怒られるからってんで、夜中に揚げてやがったからな。夜中に凧揚げする馬鹿もめずらしいや」

「へえ。周りにひらひらしたのがいっぱいついてるね」

「金紙貼ってんだ」

「絵も光ってるよ」

「砂浜に行っては金砂や銀砂の粒を集めて、糊《のり》で貼りつけてるのさ。ああいうことにはやたらと熱くなるやつだったけど、変わってねえんだなあ」

と、弥太兵衛は感心した。

いろんなことを我慢したり、諦めたりしなければならない人生で、二十何年も変わらずにやってきたというのは、やはりたいしたものだろう。

「でも、凧の足は汚ねえなあ」

太吉はよく見ている。たしかに凧が派手できれいなわりには、均衡を取るためにつけた二本の足はずいぶん薄汚れている。

「昔からそうなんだ。凧の足は、あいつといっしょだ。きれいな着物を着たときも、ふんどしは真っ黒だったっけ」

弥太兵衛は思い出して笑った。

「えんやぁどっと、えんやぁどっと」

威勢もいい。というより、つねづね広言しているが、威勢のよさが人間にとってもっとも大切なことと思っているのだ。おとなしい学者だとか、品のいい茶人などというのは、源吉に言わせれば人間として下の下というわけである。

源吉は凧を揚げながら、なおかつ歌いながら、くるりと一回転した。

「いま、回ったよ」

太吉は目を瞠《みは》った。

「あ、まただ」

くるり、くるりと回るのである。凧を揚げるのに意味がある行為とは思えない。

「あれも昔からなんだ。ああやって、ぐるぐる回りつづけ、ときどき目を回したりするんだ」

「何でそんなことをやるんだい？」

「凧だけ見られてもつまらねえらしい。揚げてるほうも見てもらうため、ああやっていろんなことをやるんだとさ」

「ふうん。大丈夫かい、あの人？」

太吉は心配するように訊《き》いた。

「かなり大丈夫じゃねえんだが、当人があああして元気でいるからどうしようもねえだろ」

じっさい、そうなのだ。これで元気でもなくなれば、心配のしようもあるのだが、周囲のやつよりはるかに元気なのだ。逆に言うと、人間は元気でさえいれば、いいのかもしれない。威勢のよさをいちばんとする源吉の人生観は、意外にまともなのかもしれない。

「たしかに」

太吉もうなずいた。

源吉の凧がちょっと斜めに下がった。

「ちゃん、気をつけな。来るぜ」

太吉が叫んだ。

「ああ、わかってるよ」

さっきのは挨拶がわりの軽い体当たりのようなものだった。

今度のは違う。

迂回《うかい》するように、すうっと上に逃げた。

「けんか凧だな」

と、弥太兵衛は言った。

「ああ」

太吉はうなずき、こぶしをぎゅっと握った。

子どもたちを勇壮な思いにかきたてる遊び——けんか凧。凧の一部に剃刀《かみそり》の刃や、ギヤマンの破片などを仕込んでおき、それで相手の凧の糸を切ってしまう。もちろん切られたほうが負け。大空のけんかである。

だが、それは相当な技を必要とし、負ければ凧はどこかに飛んでいってしまう。しかも、凧のけんかはしばしば生身のけんかに発展する。気の荒い江戸の子どもたちも、そうむやみとやるものではない。

　また、源吉の凧が近づいてきた。今度はぐっと沈んで攻撃をかわした。気をつけないと、糸同士がねじれる。

「ちゃん。引いて、引いて」

　太吉が叫んだ。

「こうか」

　すばやく糸をたぐって、巻きつけていく。

「あんまり高くしとくと、小回りが利《き》かねえよ」

「そうだったな」

　やっぱり忘れていることは多い。

「くそぉ、相変わらず逃げ足は早《はえ》えな」

　源吉はこっちを見て、また大声で言った。

　それからすぐ、身体ごと沈みこむようにして、かがんだまま弥太兵衛の背後を走った。大げさな動きである。

　弥太兵衛は前に走って逃げたいところだが、前は大川である。背伸びするように、大きく飛んだ。

　源吉の凧はぎりぎりかすめて過ぎた。

「危なかったぜ、ちゃん」

「ああ」

「やるよ、あの人」

太吉の声に賞賛が混じっている。

「大丈夫だ。あいつの癖は変わっちゃいねえ」

つまり、攻撃はかわすことができる。

「でも、ずっと逃げ回るのかい？」

「しょうがねえ」

こっちの凧には、けんか凧の装備はない。

——待てよ。

弥太兵衛は思い出した。四、五年ほど前だが、太吉にけんか凧のあやつり方を教えようと、鮫皮《さめがわ》のやすりを貼りつけたことがある。結局、それはおせんに反対されてやめたのだが、あれはまだついていたかもしれない。

「よし。やってみるしかねえな」

弥太兵衛はつぶやいた。

源吉がまた、後ろを走った。

そのとき、弥太兵衛も後ろ向きのまま、河岸の上の道を五、六歩あるいた。

二つの凧が空中で交差した。

「あっ」

太吉が思わず声を上げた。

源吉の派手な凧がくるくるっと回ると、舞い落ちてくる。

「くそっ」

凧は大川の中に突っ込んだ。

太吉は仕返しに怯《おび》えたように、弥太兵衛と源吉を交互に見た。

「ちぇっ。こんな子どもの遊び。どうってこたぁねえや。えんやぁどっと、えんやぁどっと」

いつまでもしつこくはしない。それは、源吉の昔からのいいところだった。

四

その凧は、剣豪のすり足のようにつつっと寄ってきた。

つづいて、ていねいに挨拶でもするように、上部を手前に傾けた。

そこからいっきに接近してくる。

「あっ」

新手のけんか凧が登場したのだ。

咄嗟《とっさ》のことで、糸を緩め、上に逃がした。高く回るように引き寄せる。

源吉など比べものにならないほどの強敵である。ちょっとした動きでそれはわかる。

ちらりと横を見た。大人である。弥太兵衛よりも年上だろう。

顔に見覚えがあった。

――誰だったっけ？

立派な凧である。

赤富士。北斎の絵を大きく模写したものかもしれない。よほどの職人がつくったのか、品がある。

動きもいい。派手ではないが、切れがある。

「それ」

ひょいと軽い感じで攻撃してくる。だが、狙いは的確である。

「おっと、危ねえ」

あやうくかわした。
もう一度、来た。凧のわき腹をかすられた。
「くそっ、こっちもだ」
ぐっと近づいて、相手の糸をこするようにする。だが、逃げられた。
同じような応酬が二度つづいた。
肩に力が入る。ムキになる。
「やるねえ」
弥太兵衛は横を向いて男に言った。
「そっちこそ」
男は笑った。嫌な笑顔ではない。味方に投げかける笑顔である。
その笑顔で気がついた。
——浜松屋《はままつや》の番頭じゃねえか……。
山善を買い取った張本人が、けんか凧を仕掛けてきていた。
なおさら必死になる。
向こうも怪訝《けげん》そうにちらちらと見ている。
なかなか捕まえられない。弥太兵衛の凧の突進は、わずかなところでかわされる。

「悔しいけど、うまいな」

「あたしは遠州浜松の出なんだよ。正月になると、凧を揚げたくてじっとしていられないのさ」

「なるほど……」

あのあたりは風が強い。そのため、凧の名所になった。十畳もあるような凧を揚げたりする行事もあるらしい。けんか凧はもちろん名物のようなものである。

浜松屋もあのあたりから江戸に来て繁盛したのだとは聞いたことがある。

その浜松で鍛えられた腕なのだろう。

弥太兵衛の凧が突進すると、それをかわしながら、すばやくわきをすり抜けた。

「あっ」

太吉が声を上げ、

「しまった」

弥太兵衛は呻《うめ》いた。

ついに糸を切られた。

山善の凧はいっきに風ではねあげられ、見る見るうちに空の彼方《かなた》に消えた。

「くそっ」

太吉がしゃがみこんだ。悔しくて泣いている。

「泣くな、こんなことで」

「だって、ちゃんがあんなに頑張ったのに」

頑張ってもかなわないことなんか山ほどある。

凧の負けなんか序の口で、太吉も自分もこれから人生でどれだけ負けを嚙《か》みしめていかなければならないか。

「もしかして、山善の番頭だった弥太兵衛さんですかい？」

浜松屋の番頭がいくらか遠慮がちに声をかけてきた。

「ええ。そちらは浜松屋の番頭さんでしたね」

受け渡しのとき、ちらっと挨拶もしていた。ただ、おもな打ち合わせは二番番頭としたので、ほとんど話はしなかったのだ。

弥太兵衛は内心で舌打ちした。二度と会いたくはなかった。

ところが、浜松屋の番頭は、

「これはいいところで会った」と、言ったのである。

「いいところ？」

「じつはね、山善を買い取り、商売をつづけてみたがどうもうまくいかない。いろいろ訊いてみたら、山善には弥太兵衛さんという番頭がいて、そのおかげで持っていたんだそうだね」

「そいつはどうですかね」

弥太兵衛は苦笑した。

天秤かついだ行商ならともかく、商売というのは、一人の男がすべてをうまくいかせることができるほど単純なものではない。

だが、そんなふうに言われれば、頑張ってきたのを認められたようで、やはり嬉しい。

次に浜松屋の番頭は予想もしなかったことを言った。

「どうかね。山善の名は消えたが、浜松屋の商売を手伝ってはもらえないかい？」

「え？」

「あんたが浜松屋に入ってくれるとありがたいんだ。三番番頭あたりになってしまうんだが」

浜松屋と山善では、年商で十倍は違うだろう。

「本気なので？」

「もちろんだよ。あるじの許可ももらっている。三が日が明けたら、長屋を訪ねようと思っていた」

「そうだったので……」

正月が明けたら、しじみ取りやあさり剝《む》きの仕事を当たろうと思っていた。その手の仕事はいつも人手不足と聞いた。ただし、とりあえずの仕事にはありつけても、食うためには熟練が必要である。この歳《とし》から始めて、食えるほどになるのかどうか、不安でいっぱいだった。

まさかふたたびお店者《たなもの》の口が舞い込んでくるとは……。

浜松屋の番頭は、信頼できそうな男だった。じっさい、山善のあるじの不始末でこんなことになったが、浜松屋の評判自体は、けっして悪くない。

ちらっと永代橋を見た。

――また、あの橋を一日に二度、渡る日が始まるのか……。

渡りたくない日もあった。橋の上にたたずんで、ため息を川面《かわも》に放った日もあった。

それでもいまは、橋の板を踏む感触が、心地よいものとして足の裏によみがえっていた。地面とは違う木肌のなめらかさ。軽い足音。身体に染みついた感覚だった。

「どうだね、もう一勝負したあとで、くわしい相談ということで」

浜松屋の番頭は照れたような顔で言った。

「もう一勝負?」

「こんなにやりがいのあるけんかはひさしぶりだったよ」

「わかりました」

と、弥太兵衛はうなずいた。

今度は別の手立ても試したい。

「ただ、凧がねえんじゃ……」

「ちゃん。おいらのを使いなよ」

太吉がわきから差し出してきた。

受け取って、上に掲げた。

「ほう。弁天小僧だね」

浜松屋の番頭が目を瞠《みは》った。

「ええ」

「やっぱり、あんたはうちにはなくちゃならないらしいね」

「え?」

この番頭も芝居好きらしく、見得《みえ》でも切るような台詞まわしでこう言ったのだった。

「知らざあ言って聞かせやしょう、と弁天小僧が名乗るところはどこだった？　浜松屋だろ。浜松屋に弁天小僧が来なかったら、どうにもこうにも芝居にならねえ」

第九席　猫見酒

一

町内の呑《の》ン兵衛たちが互いの家に集まって、しょっちゅう、飲み会をおこなっている。いずれも一升は軽いというくらいの並外れた酒豪である。

今日は左官の馬次《うまじ》の家が当番になっていたが、暮れ六つになっても、まだ二人しか来ていない。いつもなら五、六人は集まるのだ。

「そろそろ始めたいけど、遅いな、ほかのやつらは？」

馬次がスルメを割《さ》きながら言った。

「三吉《さんきち》は朝方会ったとき、今日は仕事先で打ち上げがあるので、こっちには来られないと言ってたぜ」

と、大工の熊吉が言った。

「松五郎《まつごろう》と長太《ちょうた》はたぶん遅くなるぜ。こんな天気のいいときは、駕籠《かご》も遠くまで行ったりするからな」

表通りの油問屋で手代をしている清七《せいしち》が言った。

「そうか。駕籠屋は稼ぎどきか」

「だから、馬よ、今日は三人で飲もうや」

「そうしよう」

熊吉はさっそく大どっくりを傾けた。

「でもよぉ、三人で飲むならちょっと乙な酒盛りをしたいよな」

馬次も茶碗《ちゃわん》に酒を注《つ》ぎながら言った。

「乙なって、どんなやつだい？」

清七が訊《き》いた。

「ほら、雪見酒とか、月見酒なんてのがあるだろ」

「ああ、花見酒はこのあいだやったな」

「そうそう。あれもなかなか乙だったろう？」

馬次は、がっちりした身体《からだ》で、左官などという男っぽい仕事をしてるため、花なんか見向きもしない無粋な男に思われがちである。だが、そのじつは意外にこまやかな神経の持ち主だったりする。

「まあな。でも、いまどきはここらに花なんか咲いてないぜ」

「そうなんだよ」

「じゃあ、雪月花の次は雨といくか。雨見酒」

と、清七が言うと、

「なんか暗いなあ」

熊吉は顔をしかめた。

「そうだよ。いつまでも酔えなくて、身体が腐っていきそうだぜ」

馬次も乗る気になれず、

「だいたいが、雨降ってねえだろうが。よく晴れてるよ。満月も見えてるよ」

「そりゃそうだ」

清七はかんたんに意見を引っ込めた。

「そういえば、馬よ。おれはこのあいだ、一人でちょっと変わった酒盛りをやったんだ」

と、熊吉が言った。

「なんだい？」

「殿さまの真似《まね》をしたんだ。殿さまってえのは、お女中をずらっと並べて、裸になってもらい、それを見ながら酒盛りするらしい」

「ほんとか？」

「じゃないかと思う。なんせ、殿さまだもの、やることは豪気だ」

「それで？」

「おれも倣《なら》って、女房を裸にし、それを見ながら酒盛りをした」

「女房って、あれか？」

「そう。あれ」

熊吉は恥ずかしさと情けなさが混じったような顔をした。しかし、どんなものでも、飲み仲間では唯一の妻帯者である。

「あれの裸を見ながら、酒飲んだのか？　あれの裸見酒！　大丈夫だったか？」

馬次は真顔で訊いた。

「途中からだんだん気持ちが悪くなってきた」

「あんなもの見ながら飲むからだよ」

馬次はそう言って、茶碗の酒をぐびりと飲んだ。

「にゃあお」

「なんだよ?」

と、馬次が熊吉に言った。

「なにが?」

「いま、なんか言っただろ? こんにゃあろとか。女房の悪口言われて怒ったのか?」

「なにも言ってねえよ」

「じゃあ、清七か?」

「おれも言ってないよ」

「にゃあお」

また、声がした。

小さな黒い猫が庭の植木の陰から現われた。

「なんだ、猫の声だったのか」

馬次は微笑《ほほえ》んだ。

「かわいい猫だな」

清七が言った。

「ああ、たしかにべっぴんだな」

馬次は猫を見つめた。

混じり毛のない黒猫で、毛並みがいい艶《つや》をしている。薄汚れていないので野良猫ではない。首に鈴もついている。生後半年くらいだろうか、よちよち歩きではないが、どことなく頼りない感じがする。

「どこの猫だ？」

と、熊吉が訊いた。

「さあ。見たことないな」

馬次は首をかしげる。

「向かいのお琴の師匠んとこの猫じゃないか？」

と、清七が言った。

「あれは三毛猫だよ」

「そうか。でも、あの師匠は、ちっと歳《とし》はいってるが、いい女だよな」

「おめえ、変なちょっかい出しちゃ駄目だぜ。あれは剣術の先生といい仲なんだ」

「そうなのか」

「この曲者《くせもの》ってんで、夜道でばっさり」

「脅かすなよ。そうか、悔しいなあ。剣術じゃなくて、そろばんの先生だったら、絶対にちょっかい出すんだけどな。ご破算で願われても恐くもなんともないし」

清七は、馬次同様もてないくせに、偉そうなことを言った。

「それにしても、かわいい猫だな」

馬次は感心した。

「オスか、メスか？」

清七が訊くと、熊吉は猫の下半身をじろじろ見て、

「ほお、メスみたいだな。生まれて半年ちょっとというあたりかな。人間で言うと、十六、七の娘の愛らしさ。へっへっへ」

「なにがへっへっへだよ。変なことするなよ」

馬次が熊吉を叱った。

「猫に変なことなんかするもんか」

「でも、馬よ。猫を飼ってる女ってえのはいい女が多いな」

と、清七が言った。

「そうかね？」

「というより、いい女に見えるのかな。猫は女を一段上げるんだな。猫を呼んだり、

話しかけたりするときの声がいいんだよ、また。優しそうでさ。おれなんか、なまじ人間に生まれたばっかりに、あんな声で呼ばれたことがねえ。やあね、清さん。嫌らしいわね。あっちに行って、とか、そんなのばっかりだったぜ」

清七がひとしきりぼやくと、黒猫は、

「にゃぁーん」

と、鳴いた。なぐさめてくれたみたいである。

「声がいいよね。にゃあーん、だってさ」

「こういう声は人間の女にもやってもらいたいよね。がみがみ怒鳴ったりせず、文句があるときなんかも、にゃぁーん、だよ。そしたらこっちだって、わがままも聞いてやりたくなるってもんだよ」

妻帯者の熊吉がしみじみと言った。

「まったくだな。そうだ。猫を見ながら飲むことにしよう。猫見酒だ」

馬次が提案した。

「猫見酒か」

「面白《おもしれ》えや」

皆で月明かりの縁側に出た。

二

黒猫はいまの話がわかったみたいに三人が並んだ前に来て、こっちを向いて座った。

とくに警戒するようすもなく、右手で顔を撫《な》でては、それを舐《な》めたりしている。

「名前はなんて言うのかな」

と、馬次が言った。

「たどんじゃねえか」

熊吉が言った。

「なんで？」

「黒いから」

「黒いのはたどんとは限らないよ。炭かもしれねえ。からすかもしれねえ」

「馬次の足の裏も黒い」

熊吉がくだらないことを言うと、

「うちの旦那の腹も黒い」

清七もつづけた。

「だからといって、猫におれの足の裏とか、うちの旦那とかいう名前をつけるかよ」

「もっと品のいい名前じゃねえか。もみじ？　かえで？　ぼたん？　ゆり？」

清七がそう言うと、

「木とか花が上品なのか？　黒松？　猿すべり？　ぺんぺん草？」

熊吉が茶々を入れた。

すると、急に黒猫の声の調子が変わった。

「ぎゃあーお」

「ほら、怒ったよ。熊吉がくだらねえことを言うからだ。からかわれるのが嫌なんだよ」

「そうかあ。お嬢さま育ちなんだな、きっと」

黒猫はゆっくり立ち上がり、表のほうに向かって庭を横切っていく。

「お、行っちゃうよ」

「こら、猫、待て」

「そうか、猫というのは、桜や月と違って場所が動いていくってえのを忘れてた」

馬次は額を叩《たた》き、

「あとを追っかけながら飲まなきゃならねえぞ。やっぱりやめようか」

「しょうがねえよ。始めたんだから、このままつづけようぜ」

「じゃあ、酒持って、あとを追うぞ」

大どっくりを馬次が持ち、茶碗は回し飲みすればいいから一つだけ清七が持った。

熊吉はつまみのスルメをごそっとたもとに入れる。

黒猫は垣根をくぐって表通りに出た。ゆっくり大川のほうに向かっている。

三人はぞろぞろついていきながら、黒猫が止まると酒を飲んだ。

「乙だねえ」

「乙だよ」

「今度は、犬見酒をやるか」

「駄目だよ、犬は怒るよ」

「そう、吠えるとうるせえし。猫に限るよ」

立ったままの馬鹿話もなかなか楽しい。

しばらくして、黒猫はふいに思い出したみたいに他人の家の塀の下をくぐった。

「おい、馬。こんな塀の下もくぐるのかい」

「しょうがねえよ。追っかけるしかねえだろ」

三人が塀の下から顔を出すと、飯の途中だったらしい家族が、ぽかんと口を開けてこっちを見ている。

「おいおい、なんだい、あんたたちは？」

「あ、すみませんね」

「用があるなら玄関に回れよ」

「別に用はないんですよ。猫見酒の途中で猫が動き出しちゃったもんで」

「まったく、いい歳こいて、なにやってんだか」

幸い猫はすぐにもどってくれたので、三人も塀をくぐり直した。

次に、もうすこし先の小間物屋のわきに入って行く。

「え、あいつ、こんなところにも来てたのか？」

「ここは小町娘のおかよちゃんがいる店だぜ」

清七がでれっとした顔で言った。

そのおかよらしい声が聞こえてきた。

「あら、あんた、また来たの？　ご飯、食べた？」

「にゃあ」

「まだなの、ちょっと待ってね」

黒猫は、かつぶしを載せたご飯にありついたらしい。

「にゃあ」

と、清七も鳴いた。

「馬鹿、なに、お前まで鳴いてんだよ」

「だって、馬よ、おいらもあんなかわいい娘から餌《えさ》をもらいたいよ」

三人がわき道の前で騒いでいると、後ろから声がかかった。

「お前たち、こんなところでなにしてるんだい？」

近所に住む六十半ばの隠居で、以前は札差《ふださし》をしていたらしい。裕福で、そこらで会ったりすれば馬次たちも酒やら饅頭《まんじゅう》やらをごちそうしてもらっている。

「あ、ご隠居さん。じつはね、猫を見ながら酒を飲む、猫見酒ってえのをやってるんですよ」

と、馬次が言った。

「猫見酒！　そいつは乙だね」

「でしょ。どうです、ご隠居さんもいっしょに？」

「いいけども、あたしが加わるには猫見酒の大義名分が欲しいね」

「大義名分？　なんですか、それ？」

「まあ、言い訳みたいなもんだがな。ほら、桜の花見をしながら酒を飲むのは、散りゆくものへの哀悼の気持ちだとか、月見の酒だったら、遠く遥《はる》かなものへの憧れだとか、冷たく静かなものを見て澄み切った気分にひたるだとか言えるだろう？　じっさいはほとんどの者がそんなことは思わず、ただ酒が飲みたいだけだったりするんだがな」

「あっしらもそういうことで」

「だが、猫見酒にもそういう大義名分があれば、あたしも参加したいよ。どうだい、猫にはなにを見て、なにを感じる？」

「猫にはなにを感じるって？　毛だらけのものへの暖かそうな気持ち」

馬次がそう言うと、清七と熊吉がつづけた。

「寝てばっかりいる人生が羨《うらや》ましい気持ち」

「おれも尻尾《しっぽ》があったらなあという気持ち」

「どうもしっくり来ないなあ。あたしだったらそうだな、猫には生あるもの、とくに花魁《おいらん》の愛らしさに近いものを感じますねえ」

と、隠居は言った。

「へえ、花魁ですか」

馬次は目を瞠《みは》った。

「しぐさといい、そっけなさといい、抱き上げたときの柔らかさといい……」

「まいったね。ご隠居さんのほうが、あっしらよりよっぽど色っぽい暮らしを送ってるよ」

馬次は情けなくなった。

三

隠居も付き合うことになった。黒猫のほうは、そんなことはおかまいなしに、通りをまっすぐに歩いて行く。

「あれ？」

と、隠居がつぶやいた。

「どうしました、ご隠居さん？」

「いやね、馬さんよ。思い出したんだが、もしかしたらこの猫、山形屋《やまがたや》のお嬢さんが捜している猫かもしれないよ」

「山形屋って、表通りの大店《おおだな》の？」

「そう。四、五日前からいなくなって、大騒ぎしているんだよ」

「四、五日前ってえと、そうかもしれませんね」

「あそこの一人娘さ。たいそうなべっぴんだよ。うまくしたら、取り入ることができるかもしれませんよ」

「ああ、あのお嬢さんなら、あっしはごめんですよ」

馬次は嫌な顔をした。

「知ってんのかい？」

「あそこの壁を塗ったことがあるんですよ。ちょうどお嬢さんの部屋だったみたいだ。仕事してたら、窓から顔を出して、壁土の変な臭いがするから、あっちでやってくれと言ったんですぜ。窓の下の壁を塗ってるのに、あっちでやれというのはどういうことですかい？　と、訊いたんですよ。すると、壁をそっくり外して、あっちで塗ってから持ってくればときたんでさあ」

「外したのかい？」

「そんなことできっこありませんよ。頭を抱えていたら、こんなところにはいられないって、出て行ってしまいましたよ」

「わがままなんだよ、お嬢さんだからな」

「猫のわがままなんざたかが知れてるが、ああいうのはひどいですね。あんなのにかわいがられるから、猫も逃げ出したくなっちまったんですよ」

「だが、見つけてくれたら礼金をたんまり出すとか言ってたよ」

「礼金？」

馬次たちの顔が変わった。

「いくら？」

「それは訊かなかった」

「肝心なことを訊かなくちゃ。ご隠居もそろそろだな」

熊吉は小さな声でひどいことを言った。

「それで、猫の特徴は？」

と、馬次が訊いた。

「たしか、生後八カ月で、艶のある黒い毛で、首に赤い紐《ひも》の鈴をつけてると」

「見かけは合ってますね」

「鈴に山形が刻んであるとか」

「それは見てみないとわからねえな」

「どれどれ、あら、捕まえようとすると逃げちまうよ」

「おいおい、お前さんたち、怪我《けが》なんかさせたら、逆に怒られちまうよ」

隠居が心配して言った。

「しょうがねえ。このまま、あとを追うしかないよ」

四人は酒を飲みながら、黒猫のあとをつけていく。

ずいぶん遠くまでやって来た。とぷとぷと、大川の水音が聞こえている。

「あの猫、こんなところまで来てるのか。意外とワルなんじゃねえか。まだ盛りもきてないフリして、ほんとは男でもつくったんじゃねえの」

「また、ワルに憧れる歳なんだな、あの大人になりかけってのは」

清七と熊吉の話に、馬次は、

「おめえらも、あんなかわいい猫を疑っているようじゃ、心が歪《ゆが》んでるな」

と、憤慨して言った。

すると、黒猫は後ろを見て、

「にゃっ」

なにやらお礼でも言ったように見えた。

「おいおい、永代橋《えいたい》も渡るのかい」

「あ、欄干に飛び乗ったぜ」

「それじゃあ、おれたちも」

馬次たちも欄干に乗った。

均衡を取りながら、猫のあとを追って、ふらふらと渡って行く。

「ご隠居さんまで。大丈夫ですか？」

「素面《しらふ》だったら駄目だね。酔っ払ってるから大丈夫です」

「おい、あぶねえな」

今宵《こよい》は満月である。

黄色くて、うまそうな月が真ん中からやや斜めのところにあって、皓々《こうこう》と輝いている。

その満月を背景に、猫を追いかけて四人の男たちが欄干の上を歩いていくというのは、なにやらおとぎ話のような光景である。

渡り切ったところで、馬次が右手を指差した。

「あんな川っ縁で猫が集まりを開いてるよ。満月の夜だから、特別な集まりなんじゃないか」

「ほんとだ。おや、あの黒猫が混ざっちまったよ。仲間なのかね」

四人はちょっと離れたところで、猫の集まりを見守った。

すでに四匹がいて、そこに黒猫が加わり、五匹でにゃあにゃあ、なにか話をしているらしい。

そのうち、追いかけてきた黒猫がこっちを見て、手をくいっ、くいっと曲げ始めた。

「あれ、なにしてるんだろう？　あ、手招きしてるぜ」

「馬。おめえを呼んでるみてえだぜ」

たしかに馬次に向かって手を動かしている。

「ほらほら、馬さん、行ってあげなさい」

「嫌ですよ、ご隠居さん。気味が悪いよ」

「なんだよ。猫があんなに誘ってくれてるのに行かねえなんて男じゃねえぞ」

「そうだ、そうだ」

三人に押し出されるように、馬次がのそのそと猫の集まりのほうへ向かった。

四

馬次は猫が五匹いるところに近づくと、しゃがんでなにやら声をかけたみたいである。

「おい、話をしているみたいだ」

「ほんとだ」

「なに話してるんだろ?」

「誰かの悪口を言ってるというふうでもねえな」

馬次はしばらくしてもどって来た。

「なんだった?」

と、清七が声をかけた。

「あんたたちも宴会に入れとさ」

「ほんとかよ」

「猫がそう言ったのか?」

熊吉が半信半疑で訊いた。

「言葉では言わねえよ。でも、身ぶりだの、顔つきだのでわかったんだよ。それで酒を持っているみたいだから、いっしょに飲みましょうと」

「猫が宴会に誘ってる?」

「そうなんだよ。どうする?」

「どうするったってなあ」

「酒はたっぷりあるだろう」

と、馬次は大どっくりを指差した。

「でも、猫と酒盛りなんか恐いよ」

「おれもいいよ。気味悪いもの」

清七も熊吉も首を横に振り、

「あたしも遠慮しておきます」

隠居は一歩、後ろに下がった。

「ここで見てるからさ。化け猫が正体を現わしておめえを食い殺そうとしたときは、助けてやるよ」

「ほら、酒と茶碗。スルメも持ってけ」

「駄目ですよ。猫はスルメを食うと腰を抜かすから」

「しょうがねえな。じゃあ、おれ一人で行ってくるよ」

馬次は寄っていって、川の縁に猫と並んで座った。

「あら、ほんとに猫にも飲ませてるよ」

「おい、ぴちゃぴちゃだって。いい飲みっぷりだな」

「ほかの猫たちも飲みますねえ」

「おいおい、全部飲んじゃうよ」

「猫も酔っ払ってきたみたいだ」

「ほら、あっちの虎猫なんざ踊り出しましたよ」

「おっ、黒猫もだよ。おやおや、皆、いい調子になってきたよ」

しばらくのあいだ、馬次もいっしょになって、踊りの輪が回りつづけた。

そのうち、ほかの猫たちは一匹去り、また一匹去りして、最後に馬次とあの黒猫だけが残った。

「おい、馬次と黒猫。なんか、いい感じになってないか」

「ほんとだ」

「あ、猫のほうも馬の野郎にしなだれかかってるよ」

「馬の野郎、なんだ、あのでれでれしたつらは」

「猫が馬の顔を見上げて、なにか言ってるぜ」

「うん。馬も笑顔で話してるな」

「おや、二人で月を見上げてます。一句ひねりたくなるようないい場面ですよ」

ご隠居が馬次と黒猫を祝福するみたいににんまりした。

清七は目をこすった。

「いけねえな。なんだか猫がほんとに若い花魁に見えてきた」

「ほんとだ。まさか、こっちも化かされてるんじゃないだろうな」

あっちにいる馬次ばかりか、見ていた清七に熊吉、それにご隠居まで、頭をゆらゆらさせて、うっとりした目つきになっていた。


その翌日――。

ご隠居のところに、清七がやって来た。器量のいい娘を伴っている。

「ご隠居さん。馬の野郎にはまいってしまいましたよ」

清七がうんざりした顔で言った。

「どうしたい？」

「じつはね、あっしは熊吉と相談しましてね、やっぱり山形屋さんのお嬢さまに教えてあげるべきじゃねえのかと。お宅の猫が馬次という男の家にいますよとね」

「ははあ、礼金をちょうだいしようと」

「いえ、そんな。いや、まあ、そういうこともまったく考えねえではなかったけど、それはもちろん四人で山分けにしようということでね」

「ま、あたしのことは気にしなくていいよ。それより、どうでした？　あの猫はお嬢さまの猫に間違いはなかったですか？」

ご隠居が清七の後ろにいたお嬢さんにそう訊《たず》ねると、

「はい。いま確かめてきましたが、あたしの猫のミミちゃんに間違いありません。すこし青みがかった黒い毛艶《けづや》といい、一尺に一寸五分ほど足りない尻尾の長さといい、ちょっとかすれた声といい、間違いなくミミちゃんです。それに、あたしがつけた赤い紐と鈴もつけてましたし」

「そうですか、ミミちゃんていいますか」

「でも、あの馬次さんとおっしゃる方が返してくれないんです。それに、ミミちゃんもなんだかあたしに冷たくて」

「そうなんですよ、ご隠居さん。馬の野郎とミミちゃんは変にいちゃいちゃしやがって、まるでくっついたばかりの男と女みたいなんでさあ」

「ほう。やっぱり猫と酒盛りなんかしちゃあいけなかったのかな」

「そうですよ、あのとき、ご隠居さんが馬のやつをけしかけたりするから」

「お前だって、猫の誘いを断わるなんざ、男のすることじゃないって」

「いえ、まあ、それより、いっしょに来て、馬のやつを説得してくださいよ」

「しょうがないな、まったく」

と、ご隠居もいっしょに馬次の家にやって来た。

だが、馬次はご隠居の顔を見ると、首を激しく横に振り、

「駄目だよ。誰が来ても、おれの気持ちは変わらねえ。おれはもう手放したくない。これは、おれの猫だ。あんたの猫じゃねえ」

「でも、鈴は？　証拠よ、それは」

山形屋のお嬢さんが言った。

すると、馬次はその紐と鈴を外し、外に向けて思い切り放り投げた。

「ほら、どこかに飛んでいった。もう証拠はないぜ」

「なんてことを」

お嬢さんは悔しそうに唇を噛《か》んだ。

「馬さん、あんた、猫と酒盛りなんかするから、化かされちゃったんだよ。この猫は、化け猫かもしれないよ」

と、ご隠居が言った。

「化け猫だろうが、なんだろうが、おれはこのクロエと暮らすんだ」

「おや、クロエなんて名前までつけちゃってるよ」

「なあ、クロエ」

「にゃあ、にゃあ」

と、いかにもわかったような返事を返した。

「まいったな。猫も馬さんの膝に乗って、おやおや、あの甘えたようなしぐさ」

ご隠居もなすすべもなく頭をかくばかりである。

「お願いします。わたし、ミミちゃんがいなくなってから、ご飯も喉《のど》を通らないくらいで」

気の強い、わがままなお嬢さんが泣きそうになって手を合わせた。

「嫌だといったら、嫌だ。これはおいらのクロエで、あんたのミミとやらはどこかに行ってしまったのさ。わがままなあんたなんか嫌いだって」

「ひどい。頼みます、ゆずってくださいな。ほら、お金は出しますから。一両でどうですか？　駄目なの？　二両、では五両、十両……」

巾着《きんちゃく》から小判を取り出して並べた。

「小判なんかいくら出されても、おれの心は変わらねえ」

馬次が断固として首を横に振ると、ご隠居はわきから感心したように、

「なるほど、猫に小判だね」

今度はお嬢さんがすがりつくようにして、

「この通り、拝みますから、ナンマンダブ、ナンマンダブ……」

ご隠居さんは苦笑して言った。

「ますます駄目だ。馬の耳に念仏だもの」

第十席　苦労寿司

一

日本橋の魚河岸《うおがし》からすぐ近く――。

小網町《こあみちょう》一丁目の堀沿いにある寿司《すし》屋の、まだ真新しいのれんがさっと分けられると、よく肥えた五十がらみの男が入ってきた。

「へい。いらっしゃい」

「新しい寿司屋ができたって聞いて来てみたんだがね」

「そいつはどうも」

あるじの歳《とし》は四十代後半くらいか。髪は真っ白、まっすぐの太い眉《まゆ》が吊《つ》り上がって、いかにもこの道一筋を感じさせる。

もともと寿司屋は屋台の食いものとして人気を馳《は》せてきたが、近ごろはこうしてそば屋のように店を構えるところも出てきている。

「おいらは魚河岸で仲卸《なかおろし》をやっている銀次郎《ぎんじろう》てえ者だ」

「お初にお目にかかります」

「言っとくけど、おいらは相当な寿司通だぜ。なんせ綽名《あだな》が寿司馬鹿銀次郎てえくらいでな。毎日つけてる寿司日記も、すでに五冊目に入ったくれえだ。しっかりしたものを食わせてもらわねえと、いろんな評判が立っちまうけど、勘弁してくんな」

「ええ。そりゃあ覚悟してます。自信がなければ、こんな日本橋の魚河岸のすぐ近くに寿司屋なんざ出しません。河岸の人たちが顔を出すところですからね」

「そうだよな」

「あっしも伊達《だて》にいままで苦労してきたわけじゃないんでね」

あるじはきっぱりと言った。

「そんなに苦労してきたかい？」

「そ、そんなに苦労、してきたかいですって……ううっ……」

なんと、語尾は涙で濁ったではないか。

「おいおい、わかったよ、大将。苦労話はじっくりと聞かせてもらうとして、おまかせでざっと握ってもらおうかい」

銀次郎は慌てた。これから味見をしようというときに、いきなり湿っぽくなられても困ってしまう。それに銀次郎はこう見えても涙もろいところもある。つい、もらい泣きして、大の男が二人でめそめそ泣いていたりする間の抜けた場面にもなりかねない。

「わかりました」

あるじは気を取り直したらしく、きっぱりと言った。

店の中は、土間に縁台《えんだい》が六つほど並んでいる。これに座り、茶を飲みながら小皿に載って出てくる寿司をつまむ。

銀次郎は、あるじがネタを切り出すようす、包丁さばき、手際などをじっと見つめる。

あるじのほうも、見られているのを意識しながら、うまい寿司を食べさせるために動き始めている。

寿司馬鹿銀次郎とあるじの真剣勝負が始まったのだ。

「まずは、金目《きんめ》のいいのが入ったので。昆布で締めてますが、しょうゆより塩で召し上がってください」

あるじは握った金目の寿司を出した。

「塩でね。うん、いいねえ」

銀次郎の目尻がすこし下がった。

あるじの仕事にまずは最初の合格点を出したのだ。

「ところで大将。さっきはずいぶん苦労したみたいなことを言ってたが、ほんとうかい？」

銀次郎はさりげない調子で訊《き》いた。

「ええ、まあ、あっしも苦労自慢はしたくないんですが、ただ、ほかの寿司屋じゃちょっとできない苦労はしてきてるんじゃないかと思います」

「ほう。聞かせてもらいたいね」

「では、いかを召し上がってもらってから」

あるじはいかを客に出した。

「うん。いい歯ごたえだ。塗った煮切《にきり》じょうゆとの相性もいいよ」

という客の言葉に軽くうなずき、

「だいたいが、あっしは富士のお山と背比べするくらいの高い山の上で育ちましてね。魚というのを十五になるまで見たことがなかったんです」

と、あるじは言った。

「魚を見たことがない？　どういう山なんだい？　谷川みたいなやつだってあるだろう？　水だって飲むだろう？」

「そりゃあ湧水はありました。だが、あんまりきれいで魚が棲《す》めないんです。しかも途中に凄《すご》い滝があって、魚はそれ以上、登って来られないんです」

「そういうところで寿司屋になりたいなんて思うかい？　だいたい、店屋なんかあるのかい？」

銀次郎は不思議そうに訊いた。

「店屋なんかありません。欲しいものはぜんぶ、自分の手で獲《と》り、自分の手でつくるしかありません。でも、そういうところだから、寿司屋というのが夢の仕事になったんです。ある日、その村に江戸から叔父が訪ねて来ましてね。なんでも、大店《おおだな》に押し込みに入ったけど、しくじってお尋《たず》ね者になった。かくまってもらいてえと。その叔父が話してくれたんです。江戸には寿司屋という商売がある。それは、魚という生きものをさばき、その切り身をネタに米の飯と組み合わせて、恐ろしくうまい食いものをつくるんだと。しかも、寿司屋というのは粋《いき》でいなせで、素晴らしく恰好《かっこう》がいいから、女にもてもてで大変だ。加えて金が儲《もう》かってしょうがないと」

「へえ。ずいぶんいいことを並べたもんだね」

「あっしも憧れました。それで、十五のときに、江戸に出てきました」

「そうだったかい」

「もし、叔父さんが村に来なかったら、あっしもいまだに山の上にいて、うっほうっほ言いながら、木の上で寝ていたと思います」

「猿だよ、それじゃ」

「江戸に来る途中、初めて魚を見ました。驚きましたね。世の中にこんな生きものがいるのかと。なんせ、手も足もないじゃありませんか。どうやっておまんまを食うんだろうって」

「なるほど、初めて見たら、そう思うかもしれねえ」

「ま、よく見ると、羽根みたいなやつは生えていたんですがね。ただ、ずっと水の中で暮らしているのだろうか、まさか寝るときくらいは水から出て、地面で横になって寝るんだろうと、そういうことは考えましたね」

「面白いことを考えるもんだね」

「この魚をさばいて寿司にするのかと、まずは自分で捕まえようとしたのですが、すばしっこいのなんのって、とても捕まらない」

「山じゃ何を獲って食ってたんだい？」

「鹿、猪《いのしし》、鳥などです。皆、弓矢で捕まえました。それで、あっしもさっそく弓矢をこしらえましてね」

「魚は弓矢じゃ難しいかね？」

「小さくて速すぎました。ま、このときは諦めて、江戸に出てきたわけです」

あるじはそう言って、こはだを銀次郎に差し出した。

酢と塩の締め加減は文句のつけようもない逸品だった。

二

「江戸に来て、あっしは叔父から教えてもらっていた品川の寿司屋に行きました。ところが、やっぱりあの叔父というのはろくでもないやつで、紹介してくれたところも、寿司屋とは名ばかり。じつは泥棒だったんです」

あるじはつらそうな顔になって言った。

「泥棒！」

「もともと寿司職人としての腕は悪くなかったみたいですが、なにせ一回、押し込みに入れば数千両ですから、ちまちま寿司なんか握ってるのが馬鹿馬鹿しくなるんでしょうね。あっしはここで、寿司を握る修業なんてやらせてもらえず、錠前の開け方だの、屋根の上を音を立てずに歩く方法だの、そんな修業ばっかりでした。だから、いまでも、他人の家に忍び込むなんざ朝飯前」

「あぶねえな」

「あるとき、主人と子分一同、お縄になりまして。あっしだけはまだ見習いで、外で見張りをしていたので無事でした。それで、次に弟子入りを願った寿司屋てえのが」

「また、泥棒かい？」

「そんなに泥棒はいませんよ。恐ろしく厳しいおやじがいたんです。この人の綽名が、地獄帰りの鬼の三五郎《さんごろう》」

「恐《こわ》そうだね」

「恐いのなんのって。とにかく、この人はなんでも一から覚えろ、肌で覚えろというのが口癖なんです」

　そう言って、あるじはまぐろの赤身を出した。

　まぐろは日持ちさせる意味もあって、ヅケにしてある。その味の染み込み具合もいい。

「一から覚えろ？　肌で覚えろ？」

銀次郎は口を動かしながら訊いた。

「ええ。たとえば、旦那が食べたそのまぐろですが、それを握らせてもらうまでが大変なんです。まず、お前がまぐろになりきれと、こう言うんです」

「どうやって、まぐろになりきるんだい？」

「いっしょに泳ぐんです」

「まぐろと泳ぐ……」

銀次郎は開いた口がふさがらない。

まぐろは大きな魚で、江戸湾などには入って来ない。ずっと沖合いの海を、恐ろしい速さで泳いでいる。

「まぐろは速いっていうじゃねえか」

「速いなんてもんじゃありません。それでもまぐろになった気持ちで泳ぐんです。まぐろだけじゃありませんよ。たいにも、はまちにもなるんです。いかのときは、頭に三角のかぶりものをして、すいすいっと泳ぎます。たこの気持ちがいちばん大変です。海の底に置かれたたこ壺《つぼ》に入ってくねくねして、ときどき口に入れておいた墨をぴゅうっと吐き出します」

「そこまでねえ。えびにもなったかい？」

「なりましたとも。こうやって手をヒゲみたいに伸ばして、背中を丸めて……」

あるじはえびになりきって見せた。

「おっ。ほんとにえびだね」

「こうやって、魚たちの気持ちを知ってこそ、どこをどう切ればうまいかがわかってくるんです」

「へえ」

「魚だけじゃありません。飯だってそうです。米は田植えからやらなきゃわからねえ、おれのいとこが米どころ越後《えちご》で百姓をしてるから、そこで二、三年、米をつくって来いと」

「行ったのかい？」

「行きましたよ。苗づくりから、田植え、草取り、稲刈りとぜんぶやりました。それで、稲刈りが終わると、江戸に出稼ぎに来ました」

「その寿司屋にだろ？」

「違いますよ。土木の現場でもっこをかついでました。百姓のつらさをきちんと味わわなくちゃならねえと」

「へえ。でも、たしかにシャリもいいよ。これだけうまいシャリを食わせてくれる寿司屋はそうそうないぜ」

「ありがとうございます。でも、シャリのことでは苦労しました。あっしはもともと山育ちで不器用でしたので、こんな小さな寿司飯なんか握れませんよ。だから、最初はおにぎりから始めたんです」

「おにぎりぃ？」

「毎日、毎日、おにぎりを握りました。だんだんその量を減らしましてね。やっと寿司が握れるようになったんです。だから、あっしの寿司はいくらか三角に近いでしょ？」

「ほんとだ。先が尖《とが》ってるな」

「ええ。面積は底辺掛ける高さ割る二です」

あるじは真面目《まじめ》な顔で言って、穴子《あなご》を銀次郎に出した。

「むふっ」

口にして思わず、声が出た。柔らかさといい、タレの甘辛さといい、銀次郎がいちばん好きな穴子に仕上げてある。

「それにしても、すごい親方だな」

「すごいし、恐かったですよ。気に入らないことがあると、すぐに包丁を振り回すんです。だから、つねに親方の包丁を持つ手に気をつけています。『馬鹿野郎。なんだ、その手つきは』と言ったときには、袈裟《けさ》斬りに包丁が襲いかかっています」

「どうすんだい？」

「こっちだって斬られたら死にますから、もちろん受けますよ。ちゃんりん、と火花が散ったものでした」

「毎日が決闘だな」

銀次郎は自分もため息が出た。

「さすがにあっしも疲れました。それで途中、寿司屋を諦めて相撲取りになったのですが、それはそれで大変でした」

「えっ、大将が相撲取りになったの？　そりゃあびっくりだ。とくにいい身体《からだ》をしてるってわけじゃないだろ？」

「そうなんです。もちろん、なったはいいが、ふんどしかつぎのそのまたふんどし洗いでさあ。あまりのつらさに三月《みつき》で相撲取りを諦めて、次に歌舞伎役者になったときも苦労しました」

「言っちゃ悪いが、歌舞伎役者って顔じゃねえだろう？」

「そうですかね。あっしは自分じゃいけるかなと思っていたんですが。でも、半年やって、やっともらった台詞《せりふ》が、『履物にお間違えのないように』って台詞」

「それは、下足番《げそくばん》だよ。台詞じゃねえよ。なんだかそこらは、しなくてもいい苦労してしまったみたいだけどな」

「いえ。でも、寿司のためにもいい勉強にはなりました。まわしも一人で締められるようになったし」

「だが、まわしなんかは寿司の役には立たないだろ？」

「それが立つんです。いま、鉄火巻《てっかまき》を出しましたでしょ。真ん中のやつじゃわかりにくいかもしれませんが、いちばん端のやつ。前にこう垂れてますでしょ」

「あ、ほんとだ」

「まわしの締め方を、鉄火巻に応用してるんです」

「すごいね。でも、歌舞伎役者は無駄だったろう？」

「ふっふっふ。次に、えびをどうぞ」

あるじはえびを銀次郎に出した。

「おっ、いいえびだね」

ぷりぷりと歯ごたえもいい。

「頭も別につけましたが、中身まで食べてみてください」

「いいねえ。頭まで出してくれるなんざ」

「頭をちっと曲げてみました」

「頭を曲げた？」

「海老蔵《えびぞう》が見得《みえ》を切ってるんです」

「へえ、見得かい、これは」

歌舞伎役者の修業も無駄ではなかったと言いたかったらしい。

「でも、結局、恥を忍んで、また、親方のところにもどりました。親方も、ちっと厳し過ぎたかもしれねえと反省しましまして」

「そうだよな」

「ところが、この親方がふぐの中毒でぽっくり死にまして」

「なんだよ。さばきそこなったのかい？」

「さばいたのはあっしでしたが」

「おい、まさか……」

恨みがつのって、毒を盛ったのではないか。

「冗談ですよ。家でおかみさんがつくった鍋に当たったんです。それで、親方が亡くなったあと、あっしは包丁一本をさらしに巻いて、日本全国に寿司の修業に出ました」

「それは素晴らしい」

「北はエゾ」

「遠いねえ」

「南は品川まで」

「おっと、南はずいぶん近いね」

「魚は寒いところのほうが身が締まってますのでね」

そう言って、あるじはぶりを出した。

これも塩で食べてくれと言われ、しょうゆをつけずに食べるとじつにうまい。塩のほうが、魚そのものの旨味《うまみ》を引き立たせている。いつもしょうゆだけで食べていたのが勿体《もったい》なかったと思えるくらいである。

三

銀次郎があまりのうまさに目を細めていると、調理場の向こうを女が横切った。あるじよりは十歳くらい若いのではないか。軽く巻き上げただけの髪が、だらしなくはなく、さりげない感じだった。

「あれ？　いま、向こうにちらりと見えたのはおかみさんかい？」

「ああ、そうです。おまたって言いましてね」

「おまた？」

なんだか岡っ引きに連れて行かれそうな名前である。

「あ、間違えました。おたまです」

「自分の女房の名前を間違えるなよ。いい女じゃないか」

「へえ、いちおう恋女房ってやつで」

あるじは照れて笑った。笑ったのは、銀次郎が店に入って来て初めてではないか。

「おや、そうかい。でも、ちょっと油っぽい感じがしたぜ」

「油っぽい？」

「顔のこのへんがぴかぴかしてたぜ」

「え？　あ、また、鍋に火を入れやがったな」

あるじはそう言って、裏のほうをのぞきに行った。

「やっぱりそうでした。ちょっと目を離すと、すぐに油を入れた鍋に火を入れやがるんでまいっちまいます」

「どういうおかみさんだい？」

「じつは、あいつは子どものときから天ぷら屋がやりたかったという女なんですが、寿司屋のあっしが無理やり口説《くど》いたってわけで」

「へえ、天ぷら屋が夢だったのかい」

「だから、あっしがいい魚を仕入れてきても、すぐ天ぷらに揚げちまうんです。いまだって、ほら、狙ってるんですよ」

たしかに、行ったり来たりしながら、ちらちらとこっちを見る。

「しっ、しっ。あっちに行け」

あるじは手で追い払った。

「それじゃ、泥棒猫だよ」

「とにかく揚げるのが好きなんです。油で揚げるのが生きがいみたいで、なんだって揚げちまいます。この前なんか、新品でしたがわらじを揚げやがって。これが食べられたのには驚きました」

「だったら、いっしょにやればいいじゃないか。寿司屋と天ぷら屋を」

「冗談言っちゃいけませんよ。寿司を握ってるわきで天ぷらを揚げられると、寿司が油臭くなっちまう」

「ああ、たしかにそうだな」

銀次郎もそれはそうだと思った。

惣菜屋《そうざいや》ならしょうがないが、寿司を食いに入った店でわきで天ぷらを揚げられたら、寿司通を自任する自分はがっかりするだろう。

「でも、旦那、天ぷらてえのは、うまい食いものでしてね」

「なんだよ。敵に塩を送るのか？」

「寿司は天ぷらに敗れるのかと、ずいぶん悩みました。いいですか、天ぷらはそばやうどんに入れて食ってもうまいんです」

「そうだな」

最初に天ぷらを食べてもうまいし、衣が汁となじんで溶けたようになってからでもうまい。えびがいちばんだが、かき揚げなどはむしろそばやうどんに入れて食ったほうがうまいくらいである。

「寿司をそばやうどんに入れて食ったことがありますか？」

「そんなものないよ」

「情けないくらいまずくなります。なにもこんなにまずくならなくてもいいだろうというくらいに」

「入れなきゃいいだろうが」

「でも、天ぷらにできて寿司にできなかったら悔しいじゃないですか。しかも、寿司にできるものは、ぜんぶ天ぷらにできます」

「そうだな」

まぐろの天ぷらはあまり食わないが、けっしてまずくはないはずである。

「ごぼうの寿司が食いたいですか？　にんじんの寿司はどうですか？」

「やだよ」

「つまり、天ぷらのほうが、懐が深いんです。いろんな食いものに対して、情があるんです」

「そういう言い方をすればな」

「あっしは天ぷらに打ちのめされ、心をずたずたにされ、いっそのこと、天ぷらの具になってしまおうとさえ思いました」

「おいおい」

「あっしを救ってくれたのは、女房の言葉でした。女房はこう言ってくれたのです。寿司ってのは粋でいなせな食いものだねって」

「そうだよ」

「あっしもそう思いました。江戸っ子の食いものは寿司だ。天ぷらなんざ、山の上で魚も見たことがねえような野郎が食うものだって」

「そりゃ、あんただろうが」

「こうして、わたしは天ぷらの呪いから立ち直ったのです」

「呪いだったのかい」

銀次郎は、腹が満ちてきた。

そろそろ終わりにしたいと思ったとき、あるじは銀次郎の顔を見ていたのか、「これでいちおう最後です」と、出てきたのはたいだった。

魚の殿さまで最後を締めるつもりらしい。

四

このたいがまた、絶品だった。

皮のところをたっぷり使い、飾り包丁が入っている。

その皮の薄い桃色のきれいなこと。

たいはこの皮と身のあいだにある脂がうまいのだ。皮を落として食べさせる寿司屋に、思わず、「馬鹿じゃねえか」と言ってしまったことがある。

これも塩がいいという。しかも、かぼすで微《かす》かに酸味を加えた。

「うまいっ」

と、思わず銀次郎は叫んだ。

「いやあ、あっしのつまらねえ苦労話を聞いてもらったうえに、そんなにほめてもらって恐縮でさあ」

「なんのかんの言っても、こうして立派に寿司屋を構えてるんだから、たいしたもんだよ。寿司通のおれも感心した」

「いやあ、借金もしこたましましたしね」

ものである。

「うん。最初はしょうがねえ。頑張って返して行くこった」

銀次郎は励ました。これだけ苦労してきたのだから、なんとか成功してもらいたいものである。

「ま、返せなかったら、真ん前は川ですのでね」

前は日本橋川で、すぐに大川に合流する。

「おい、気の弱いことを言うなよ」

「いえ。海に出て、漁師でもやろうかという意味です」

「ああ、なるほどな。山のてっぺんで育って、海で漁師をやる人生ってのも悪くないと思うぜ。なんか、こう壮大な感じがするもの」

お世辞ではなく、銀次郎はそう思った。

「ありがとうございます。でも、ほんとはこんな江戸のど真ん中に店を構えられるなんて思ってもいなかったんです。最初は石川島の人足《にんそく》寄せ場のわきに空いてる土地があるって言われて」

人足寄せ場は、無宿人《むしゅくにん》が入れられるところで、当初の長谷川平蔵《はせがわへいぞう》の思惑とは違って、牢獄《ろうごく》みたいな扱いをされるらしい。

「あそこじゃ客は行かねえよ」

「浅草寺《せんそうじ》の墓地にも一画分、空きがあるって」

「それはお墓の用地だろうが」

「お化けがいっぱい食べに来てくれるかなって」

「お金、もらえねえよ」

「江戸中探しました」

「よく、小網町にあったな？」

江戸のど真ん中である。日本橋も目と鼻の先だ。

「ここは縁起のいい店じゃなかったみたいで」

「そうなの？」

「誰も借り手がつかなくて、二十四年間、空き店だったんです。それで、易者に見てもらったら、ほんとにここはひどいと」

「そんなにひどいのか」

「一年も持たずに夜逃げしたのが過去三人。借金まみれで大川に飛び込んだのが二人。ついには泥棒にまで落ちぶれたのが一人」

「よく、決心したもんだな」

「ええ。それで、易者が言うには、開けてすぐにやって来る通の客が、悪い運をぜんぶ持ってってくれるからって」

「おい、なんだよ。悪運はぜんぶ、おいらにくっついてくるのかよ。まあ、易者の言うことがぜんぶ当たると限らねえしな。でも、どれをとっても、ちゃんとこまかい仕事がほどこしてあって、それぞれネタのよさも生かしきってるし、文句のつけようがないよ。寿司の一つずつがずっしりと重いね」

そう言って、財布から勘定を出した。

百五十文という値段も、安くはないが、べらぼうではない。

「あ、そうそう。あっしもこれぞ寿司通というお客さんが来たら出そうというものがありましてね。これはこの世にたった一つというネタでして」

「そいつは楽しみだねえ」

「あっしの重い人生を、この一握りに込めました。さあ、召し上がってみてください。名付けて、人生寿司、いや、どん底寿司、いやこれぞ苦労寿司」

と、歌舞伎役者のように見得を切った。

「重いねえ。どれどれ」

ぱくりと食べた。

「どうです、味は？」

「うん。うまいね。なんだい、ネタは？」

「はい。あっしの苦労だらけの人生が始まったときの、へその尾を甘辛く煮詰めたやつで」

「げっ。変なもの、食わせるな！」

「あ。怒って帰っちゃったよ」

これが、のちに知る人ぞ知るという通好みの寿司屋として有名になる苦労寿司の始まりであった。

この作品は2011年10月朝日新聞出版より刊行されました。

徳間文庫

大江戸落語百景
猫《ねこ》見《み》酒《ざけ》

2018年6月15日 初刷

著者 風《かぜ》野《の》真《ま》知《ち》雄《お》
発行者 平野健一
発行所 株式会社徳間書店
東京都品川区上大崎三−一−一
目黒セントラルスクエア
〒141−8202
電話 編集〇三(五四〇三)四三四九
販売〇四八(四五一)五九六〇
振替 〇〇一四〇−〇−四四三九二
印刷 図書印刷株式会社
製本 ナショナル製本協同組合

ISBN978-4-19-894355-4 (乱丁、落丁本はお取りかえいたします)

徳間文庫の好評既刊

風野真知雄

穴屋でございます

〈どんな穴でも開けます　開けぬのは財布の底の穴だけ〉——本所で珍商売「穴屋」を営む佐《さ》平《へい》次《じ》のもとには、さまざまな穴を開けてほしいという難題が持ち込まれる。今日も絵師を名乗る老人が訪れた。ろうそく問屋の大店に囲われている絶世のいい女を描きたいので、のぞき穴を開けてほしいという。用心のため、佐平次は老人の後を尾ける。奴の正体は？　人情溢《あふ》れる筆致で描く連作時代小説。

徳間文庫の好評既刊

風野真知雄

穴屋でございます

幽霊の耳たぶに穴

　どんな物にも穴を開ける珍商売「穴屋」を営む佐平次《さへいじ》は、惚《ほ》れ込んだへび使いのお巳《み》よと晴れて夫婦になった。稀代《きたい》の絵師、葛飾北《かつしかほく》斎《さい》先生も二人の住む夜鳴《よなき》長屋の住人となる。ある日、花札や遊び道具を扱う大店《おおだな》の後妻に入ったおちょうがやって来た。三月《みつき》前に辻斬りに殺された主《あるじ》、喜左衛門《きざえもん》の幽霊が出て、耳たぶに穴を開けてほしいと言っているという……（表題作）。好評時代連作第二弾。

徳間文庫の好評既刊

柏田道夫

つむじ風お駒事件帖

名人と言われる四代目松井源水《まついげんすい》を父にもつ曲独楽《きょくごま》師「ひらがなげんすい」ことお駒は、おきゃんで一本気な十五歳。前髪を垂らし、茶《ちゃ》筅《せん》形に束ねた総髪《そうはつ》の男装で舞台に立つ。ある日お駒は、怪しい二人連れに後を尾けられる。折しも江戸では香具師《やし》殺しが立て続けに起きていた。狙いは母の形見の鬼の根付らしい。生前掏摸《すり》の名人だった母親譲りの鮮やかな手口で男から巾着を盗んだが……。